我和

于是之这一生

李曼宜 著

作家出版社

1950年，李曼宜和于是之在史家胡同宿舍

1994年，在长白山

1995 年，在清东陵

1996 年，在汕头

1997 年，在洛阳

1999 年，在紫竹院家中

李龙云为于是之写的书

目　录

| 附录一 |

| 附录二 |

自　序

一

　　我和于是之在一起过了六十多年，在他没有患病之前，我们的生活可以概括为一个字：忙。他忙他的，我忙我的。顺境也好，逆境也好，总是很难得闲。1992年，他因病退下来了，虽说许多未了事宜还要办，各种社会活动还要参加，但毕竟可以不坐班，不管剧院那一摊子行政事务了。就在这时，我们居然有了一段极其难得的清闲日子。早上迎着朝阳，漫步来到离家不远的紫竹院公园，呼吸着清新的空气，头脑也觉得清爽了许多。我和拳友一起锻炼，是之表示也要学些太极拳了，这真是难得。他整天紧锁的眉头松开了，偶尔遇到一些老观众，围着他聊起过去看他的演出的感受，让他在精神上又得到了些安慰，心情开朗多了。

　　也就是在这段时间里，我们闲聊时，曾谈起将来谁先"走"（去八宝山）的事。他说："我要是先走，你会非常痛苦，可我相信你还能过得很好。要是你先走了，那我可怎么过啊！"我说，趁我们都在，应该把我们这么多年经历的事都写下来。等将来不论是谁，只剩下一个人时，看着它，也是个纪念。他同意了。并且，他还提出原来总想写的有关"良师益友"的文章，最好也能一并写出来。这样我们就做了分工，我先准备材料，包括整理他的年谱，他的演员日记，还有他未发表的文章手稿，以及多年来我俩的通信等。他随手便在一张废纸的背面，拟了他准备写的"良师益友"的提纲。可惜这张纸现在找不到了，我只记得最后一段是他要写"我"。我当时很惊奇，他会怎么写我呢？可没来得及问，就成了永远的遗憾了。

可惜，好景不长。他还没能真正动笔，新的任务又来了。为了纪念北京人艺建院四十周年，准备要出两本书，其中《论北京人艺演剧学派》这本专著不仅要由他来组织、安排，而且他还要写一篇"论文"式的文章，即《论民族化（提纲）诠释》。这个任务对是之来说，确实已经很困难了。眼看着他写文章一天比一天吃力的情况，我心里明白大概我们原来那"美好的写作计划"恐怕是难以实现了。

二

市政协文史委员会主任张廉云同志，为他们政协的《北京文史资料》，曾向是之约稿，希望他能写些自己的事情。可是到了1996年以后，她发现是之的身体已大不如前了。于是，她就找到人艺的剧作家、是之的好友李龙云（他也是政协委员），对他说："看来于是之写不了自己了，希望你能答应下来，写一写于是之。"龙云经过慎重考虑，同意了。经过一段时间的酝酿，于 2003 年完成了他那篇约八万字的文章——《我所知道的于是之》。2004 年刊在北京政协的《北京文史资料》上。同年，由中国青年出版社出版为单行本。文章发表后反响强烈，许多报刊纷纷转载，深受读者欢迎。

记得是之的好友童超去世后，他的夫人告诉我说，就在他卧病在床时，正赶上《北京晚报》上转载龙云的文章。他每天都盼着早点得到晚报，好叫他女儿读给他听。他边听边发出各种感慨，有时笑，有时落泪。他断断续续地念叨着："是之啊，我的好兄弟！我想你啊！"

我读了龙云的文章也很感动。我认为，他写了一个真实的于是之，不像有的人只是根据一些材料，再加上"合理想象"就编起来了。龙云则是从他亲身和是之的接触，有感而发，好就是好，弱点、毛病也不避讳。比如他写他们那次西北之行，是之在一次表演中出现了失误，龙云用"心"描述了是之作为一个演员内心的痛苦。当我读到这里时，我的心也被刺痛了。

2008 年，是之第一次被报病危。我先后约了鲁刚、李龙云和童道明几位朋友，商量了有关是之的后事。其中，我曾向龙云提出能否给是之写个墓志铭。他觉得有些难度，但也没有拒绝。经过协和医院大夫的抢救，是之的病情又趋于平稳，我们紧张的心情也暂时放松下来。

2011 年 5 月的一天，龙云和他的夫人新民，还有市政协的张秋萍一起到协和医院看望是之。龙云告诉我，2010 年北京出版社约他在已发表的《我所知道的于是之》一文的基础上，再重写一个新的于是之。现在他已经写出了一个初稿，希望我看看，还有什么补充。就在我们谈论书中写的一些往事时，秋萍站在是之床边说："你们看，就在你们说话时，于老一直睁着眼睛在听呐。""是吗？"大家一看，果然。我很奇怪，这段时间是之白天昏睡的时间多，很少睁眼，夜里倒有时睁眼。难道他真有些感应吗？我知道，是之是很惦记龙云的，让龙云来写是之的事情，是之也会同意的。想到这里，我决定把我已经整理出来的有关是之的资料全部都给龙云，我想这对他要写的那个于是之可能有些用处。

2011 年 10 月 28 日，市政协的贾凯林同志来我家，带来了厚厚的一本书。它就是李龙云的新作《落花无言——与于是之相识三十年》。她说，龙云前些日子身体不太好，住了一段时间的医院，现在已经出院了。他叫我先把书送过来，叫您别担心他的身体。我信了，我想先不去打扰他，让他静养一段，等我把书看过后再和他长聊。

龙云是怀着极深的感情在写于是之的。他以一个剧作家的角度审视、全面分析着他要写的这个人物，用他亲历的事件和他了解的各方面素材，不仅写了是之的生活、历史、性格、爱好等方方面面，更重要的是他剖析了是之的心灵深处的所思所想，也看到了是之内心真正的痛苦，他是了解是之的。他还特别提到了是之的价值，说的也是实情，都是发自肺腑的真心话。我同意他对是之的这些评论。

为了表示对龙云的感谢，我找出仅有的一幅是之写的字，寄给了他。过了几天龙云给我打来电话，只简短地说了几句就挂断了。我当时有些奇怪，感觉有些异样。没想到这竟是和他的最后一次通话。

2012 年 8 月 6 日，噩耗传来，我才恍然大悟。我和龙云最后的一次通话，本应有许多话要说，可他怕我问他的病情。他那时已经是癌症晚期并准备放弃治疗了，他不想告诉我，但实际上他又控制不住自己的感情，所以干脆就把电话挂断了。现在我真后悔，我真迟钝啊！龙云比是之小二十二岁，竟先于他的老大哥走了。我没敢告诉是之，只是默默地捧着那本《落花无言》哭了，感到心像被针刺了那样疼。从报纸上看到戏剧界的朋友含泪向龙云告别的情景，我注意到，在龙云的遗像旁摆放着的是他那本呕心沥血的著作《落花无言——与于是之相识三十年》。我想，龙云没有食言，在他那本书的最后写道："我手下的这部书稿，就是写给于是之的墓志铭……"他完成了我对他的请求，我再一次谢谢他。现在，是之已经和他的小兄弟在另一个世界相会了。他们又可以在一起切磋他们的创作了。

三

有了龙云这本书，我的心就踏实了，也不想再多写什么了，只想一心一意地把是之的年谱整理好，多补充些材料，写得详细些，也能当作是他的"传"了。

就在这时，王丹出现了。

王丹，是我大学最要好的同学王镇如的女儿。镇如在世时曾热心帮我查找整理有关是之的资料。她的病逝，对我打击很大。王丹常常和我通信，关心、安慰我。现在她退休了，有时间了，便来我家看我。她鼓励我，不要只写年谱，还应该写些我所知道的于是之和我与他在一起的故事，这也是对他最好的纪念。

我觉得她说的也有道理。但，我也知道自己的水平，要完成这件事是有困难的。王丹表示，她可以全力支持我。在她的鼓励下，我们的合作便开始了。我们的工作方式，一般是我写了初稿，经她整理打成电子版；或是我口述，她录音后整理出来，我再修改。就这样断断续续，经过几年才初具规模。其间，凡是我信心不足时，王丹总是不断地给我打气。现在总算完成了。

这里，感谢王丹对我的鼓励、帮助。也感谢一些亲友在知道我写这本书时所给予的鼓励、关怀。

李曼宜

2018 年 5 月

第一印象：灰布制服中的紫红毛衣

　　1949 年的春天，北平刚刚解放不久，虽说还是春寒犹厉时节，可在空气中已经令人感到一种暖融融的气氛了。我们北师大的一些同学在看了一个从解放区来的文工团演出的歌剧《赤叶河》之后，都感到非常振奋。从他们演出的内容、形式和音乐等方面来看都是我们过去没有接触过的，因此很受鼓舞。后来又听说音乐家贺绿汀先生是这个团的领导之一，我们对这个团就更有一种羡慕之情。一天，有位同学得到一个信息，说这个文工团正在招收新团员，于是我们十来个同学当时就决定去报考。测试非常简单，我们都被录取了。记得当时我被告知，3 月 24 日报到，自带行李，要在文工团里住，到时会有车来接。

　　这个文工团是刚刚从解放区进入北平城的，全名叫"华北人民文工团"，隶属于中共中央华北局。去报考的那天，我看文工团里的同志，不论男女老少，都穿一身灰粗布的制服，显得很精神。而我们当时在学校多穿旗袍，很少穿长裤（只有上体育课时才穿）。为了别太特殊，我用家里仅有的一块黑咔叽布做了一套制服，准备在报到那天穿。一切准备就绪，报到的日子也到了。

那天，我在家焦急地等待着接我的车，有些坐立不安，听到有人告诉说："车来接你了！"我赶紧跑到大门外一看，愣住了。完全没有想到，接我的"车"竟是一辆小毛驴拉的胶轮大车（这是当时文工团里唯一的交通工具），赶车的小伙子也是从解放区来的"红小鬼"。他非常客气，帮我把行李放到车上，而我这个城里人第一次爬上了毛驴车。"坐稳了！"小伙子手中的鞭子一甩，轻轻地吆喝一声，我们的车便启动了。小毛驴一路小跑，"踢踏踢踏……"那均匀的节奏敲击着北平城的柏油马路。我靠在行李上，心情特别激动。我想，要记住，我是这样走进革命队伍里来的。

我们报到的人先到了那时的团部，地点是在西堂子胡同1号——一座很讲究的小洋楼，后边还有花园。听说那里原来是国民党将领宋哲元的公馆。文工团负责接待我们的同志根据我们几个人的情况——有学声乐的，有在学校业余剧团的——将我们都分到戏剧部了。那时，我听说文工团还有音乐部和一个管弦乐团。

戏剧部又在另一个地点。当时文工团之所以住得那么分散，是因为刚进城，一时找不到合适的大房子，只好临时找些空房住下。戏剧部在东华门大街19号，那里原来是一座大饭庄，坐北朝南，门口是高台阶，进门是个四合院，有一排北房、东西厢房和南房，房间都很宽敞，屋外四周还有很宽的走廊，中间有个不小的天井（后来这里搭了凉棚，我们集会、排练都在这里）。东边还有一个跨院，这些房间都被打了隔断，也许就是原来的"雅座"，这样就可以住下不少人了。我们刚到这里的时候，先住进来的同志都很热情地和我们打招呼。过了一会儿，只见一个穿着紫红毛衣的小伙子，跑来帮我们提行李，安排住处。那时由于床还没买齐，男同志一律打地铺，住在大北屋；我们几个女同志分别住在东西厢房，屋里是有床的，算是优待了。当时，我心里很纳闷，这个穿紫红毛衣的人是做什么工作的呢？看他那身打扮，显然不是刚进城的"老"同志（这个"老"，只是区别于我们新来的同志，那些"老"同志其实也很年轻），可他又俨然以团里的主人身份在接待我。把我们都安排停当以后，这个小伙子才做了自我介绍。他说他叫于是之："干钩于，是不是的是，之乎者也的之——是生活干事。"我心想，这名字用的字真有些特别。后来大家聊起来，才知道他也是新来团里的同志，只不过比我们早了一个月而已。现在回想，当时对他的第一印象就是在那一色灰布制服当中出现的那身紫红毛衣。据他自己说，那件毛衣是在旧货摊上买的便宜货。那时他是穿着一件棉袍到团里报到的。一到，就急着想和老同志学扭秧歌，打腰鼓，穿着棉袍实在不方便，脱掉它就只有这件毛衣了。他开始也觉得有些"各色"，再一想，"解放了"，穿什么不行啊，于是就大模大样地穿了起来。开始，我以为和是之的第

于是之 1948 年的照片。他身穿的毛衣为紫红色，是
在旧货摊上买的。他就是穿着这件毛衣参加革命的

一次见面就是在 1949 年，后来我们聊起来才知道，原来早在解放前，大约是 1944 年，我们就见过面，只是印象不深。那是在什么场合呢？这可就说来话长了……

故事要从我家住的那个大院儿说起。这是一个很大很深的院落，里边住着包括房东在内的五六户人家。它并不是一个大杂院，各家都是独门独户，还有自己的小院落。住在这里的人都是知识分子，各家的孩子平时都去上学，只有当暑假到来的时候，大院儿的孩子们才凑到一起商量怎么过假期。我从小学到大学一直住在这里。大院儿里有很多树，松树、柳树、槐树、桃树、海棠树……最吸引我们的是一个用砖砌起来的平台，它可以当成舞台用，台子上边搭着一个高高的藤萝架，藤萝开花时清香扑鼻，夏天这里是乘凉的好地方。我们小孩子就在这个台子上唱歌、跳舞、吹口琴、变魔术，还表演小节目。我们把各家的大人请来当观众，颇受好评。

随着我们一年年长大，只演些小节目已觉得不过瘾了——当时我已经上高中了。这年暑假，院儿里有同学提议排一出话剧，有人干脆提出排《雷雨》，理由是这出戏里角色不多。经过"研究"，我们决定就排《雷雨》，并分派了角色，但发现人手还是不够，缺一个演周萍的人。怎么办？几个男孩子商量了一阵后说，他们可以找一个朋友来参加，这样问题就解决了。好，说干就干。那时我们只能找到三四本剧本，对词的时候，谁有词谁就拿着剧本，大家轮着用。我们既没有导演，也没有剧务，只要有人一招呼，大家就都来了。所谓

"对台词"，只不过是照本宣科而已。在"周萍"缺席的情况下对过几次词后，这天担任"周萍"一角的朋友终于来了。那时的孩子，也没想到要把这位朋友给大家做个介绍，只是人一来，马上就开始对词了。我被分配演繁漪，和一个陌生的"周萍"对词特别紧张，头也不敢抬，眼睛紧紧盯着剧本。那时的女孩子还真有些"封建"呢。记得这位"周萍"只来参加过两三次排练，我和他除了对词，并没说过别的话，甚至都没抬头看他一眼。暑假很快就过去了，虽然没见到我们的"成果"，但是认认真真地读了一部曹禺的剧作，还是很有收获的。

后来知道那个"周萍"叫于淼，也就是现在的于是之（他的这个名字是在职业演戏时才改的）。若干年后，我们提起了当年在大院儿排《雷雨》对词的事，是之还记得。他说："你那时只顾低着头念词，从不抬头看看，凡是繁漪台词里有'我爱你'或是'你爱我'的话时，你只念'我—你'，'你—我'，把那'爱'字去掉了。"我说："繁漪有这样的词儿吗？我怎么不记得？"他说："有，有，有啊！"说罢，大笑。这大概就是我留给他的"第一印象"了。

1946年北平师范大学音乐系部分同学与老志诚先生合影，其中有四人在1949年3月一起参加了华北人民文工团。她们是：殷韵含（前排左一）、王镇如（前排左二）、白爱兰（王镇如左上，老志诚身后）及李曼宜（最后排左一）

找到了"家"

是之是早我一个多月来到华北人民文工团的。在此之前他的工作总是很不稳定，一般多是一些好友帮他安排的（其中有的是地下党的同志）。就在北平解放前的这段时间里，他先是在焦菊隐先生主持的北平艺术馆演了两出戏——《上海屋檐下》和《大团圆》。在1948年春节过后不久，北平艺术馆宣告解散，朋友们又把他介绍到金山（也是我党地下工作者）当"大老板"的清华电影公司北平办事处工作。他每天只是做些事务性的杂活儿，并不演戏，但毕竟生活安定了，他对此还是很满意的。而且有的朋友还时常悄悄借给他一些进步书籍看，让他懂了不少革命的道理。他曾和我说过，那时看金山就像个"大老板"，平时也很少来办事处，即便来了跟他这个小职员也没什么接触，可他又觉得金山对他家的境况还是很了解的，知道他母亲有病，还时常叫人给他家些周济，送些面粉或钱。他这时才敢花些钱给母亲看病了。本想能让受苦一辈子的亲娘过上两天舒心的日子，吃上口白面，穿上件新衣服，没想到她老人家已病入膏肓（食道癌晚期），再也挺不过去了，终于在解放前夕——1948 年 11 月 26 日抛下她唯一的亲人走了。是之百日丧父，现在母亲又离世，这对他的打击真是太大了。他知道自己从此便是孑然一身，再也没有亲人，再也没有家了。

北平刚刚和平解放不久，清华影片公司的"大老板"金山同志，受我党的委派要到东北去接收一批电影器材。当时，有的朋友劝是之去干电影，可那时是之心中已经另有打算，他想要参加文工团。是之曾回忆说："文工团最吸引我的，是打腰鼓。北平解放不几天，在天安门前开了一个全城庆祝解放的大会。开会前，先由华北大学文工一团的同志们打腰鼓。他们穿着一色的农民衣裳，头上系着雪白的羊肚子毛巾，拉开队伍，击着鼓，在成千上万的群众中跳跃着，纵横驰骋，身形矫健，动作豪放，好像他们总有使不完的劲，击出的鼓声清脆得足以震天。解放区的文艺，竟有这样粗犷的振奋人心的美，过去何曾见过，我着迷了。我期望我能练出这样的好身手，我要参加到他们的队伍里去，做这样的演员。"

1949 年 2 月，他经人（也是地下党的同志）介绍，和韩希愈、杨宝琮、濮思温等几位朋友参加了华北人民文工团。他一来就住在东华门大街 19 号。我记得他那时是和"老"同志田庄住在被打了隔断的一间北房里。是之自己回忆说："革命队伍确实给了我许多温暖，那时老同志们还都铺稻草睡地铺，独独给了我张'床'。那'床'，其实是一只运装低音提琴的木箱，木箱呈三角形，同志们还在它的两个斜边上为我加上模板，使之既方又平。其时母亲已经死去，我孤身一人，已经没有了家；即使有家时，我也只能陪母亲挤在一铺有臭虫和跳蚤的炕上过夜；现在能够独自睡在这木箱上，已经觉得很知足了，何况许多老同志还躺在地上呢！伙食，吃大灶，照例是熬白菜、小米饭，大家一样，都吃得香甜。有几位老同志是吃中灶的，也不见有怎样的佳肴，一样的是小米。那时，我赶上一对老同志的婚礼，全团一起打牙祭，不仅吃上肉，并且有酒。这一天，新婚夫妇高兴，大家也与之同乐。如今的东华门大街19号当时就是我的家，一个终生难忘的温暖的家。"

他找到了"家"。从此，就再也没有离开过她。他真心地爱着她，为她认认真真地干了一辈子。开始，团里安排他做"生活干事"。当时的"生活干事"都干些什么事呢？我后来从他的一个旧笔记本中发现了几张发黄的"学习纸"（当时统一发的较粗糙的供学习用的纸）上，记录着他的"一周汇报"——看来，他要操心的事还真不算少：安排各组的学习和排练秧歌、腰鼓以及学声乐、练体操的时间；请协理员对新同志进行政治测验以便政治学习分组；请各组组长了解每人读书情况；利用星期日开组长会总结工作；注意发掘每人的特长，以"组织其力量"；此外，还要安排报纸传阅的办法、如何保证睡眠时间及病号伙食等等。他并不"脱产"，和我们一样学习、排练，还要挤时间读书、找同志们聊天；

1948年冬即将从解放区进入北平城的华北人民文工团的部分"老"同志合影。
于是之参加该文工团后和田庄（前右二）住在一个房间

他不是什么"干部"，可头头开会有时临时就把他找去"列席"……从早忙到晚，不知疲倦，分内分外，全都招呼，一心扑在"家"上。

那时，晚上还要和几位"老"同志一起去总工会教工人打腰鼓。当然，他们也是坐着那辆毛驴拉的胶皮大车去的。

戏剧部刚成立那会儿，他心血来潮，模仿当时唱的"边区小唱"那首陇东民歌的调子，填了一个"戏剧部十唱"。我们集会的时候，大家一唱，还挺来精神儿。现在看那"歌词"，十分幼稚可笑，可是实实在在地反映了当时的生活和人们那股子心气儿。

"戏剧部（那么嗬嗨），好光景（那么嗬嗨），各组的男男女女、哥哥嫂嫂、弟弟妹妹、和和气气，哈，咱们的家（那么嗬嗨）。

"早七点，铃铛响，被窝里出来，漱口洗脸，哗啦淅沥、淅沥哗啦，啪！一盆水。（那时没有洗漱间，脸盆放在走廊上，洗完随手就把水泼到院里。）

"石一夫，当部长，每天作报告，偷看一眼，偷看两眼，偷看三眼，嘘，小纸条。（每早召开的群众例会上，石一夫总要讲讲形势，布置一下任务，怕说话啰唆，把要点写在一张小纸条上，扣在手心儿里，瞄上一眼以备忘。）

"唱新歌，打腰鼓，成天价 Do、Re、Mi、Fa，咚巴咚巴咚，脑袋大。（说打腰鼓吵得脑袋大，这在后来某一时期，恐怕不太敢说，那是对'革命文艺'的态度问题呀！可那时说的是实情，整天在小院打腰鼓就是吵嘛。然而，大家从心里喜欢它，南京、上海解放的时候，我们背着腰鼓，边打边走边唱，绕着北京的四城游行了一整天，在沸腾欢乐的人群中，唯恐自己的鼓声不够响亮。)

"排新戏，迎五一，两个剧本里，关公大婶儿，女工周仓，说说唱唱，啧，啥都有。(这是把两个小戏的人物说在一起了。当时一个是《关公整周仓》，另一个是《老王的胜利》，都是小话剧，后者是他导演的。)"

……

我们的青年时代，就是在这个"家"里度过的。

李伯钊指导于是之排演歌剧《硫磺厂》

1949 年初，我们刚到文工团的时候，大家都有一种特别的感受，那就是"解放"了：供给制叫人省心，不愁吃不愁穿；更重要的是让我们从过去那种受压抑的苦闷心情中解脱了出来，觉得精神上真是"解放"了。

4 月里，为了迎接全国第一次文代会的召开，大家都积极出谋划策想拿出好的节目来。因为这是一次全国文艺大军的大检阅，其中包括白区、敌后、大后方和解放区的文艺队伍。我们团是解放区的代表，出什么节目呢？文工团刚进城时演的歌剧《赤叶河》，演出效果非常好，我们不少人就觉得应该拿出这个戏，可后来听团里说要排一个新戏，是我们团长李伯钊和另一位同志合写的，歌剧《硫磺厂》。我们想，7 月就开大会了，怎么来得及呢？是之也不同意，他认为"解放"了，有什么意见就该直截了当提出来。于是，他随手裁下一张三指宽的小纸条儿，写上了他的意见，并请人转给了伯钊同志。

伯钊同志是一位参加过两万五千里长征的女同志，性格很坚强，曾在苏联留过学，还在苏区根据地办过高尔基艺术学校。因此，团里的老同志都非常敬重她，对她决定要做的事情，同志们也多是尊重的，很少有人提什么意见。我们新来的同志，对情况了解不多，是之这个毛头小伙子，更是凭着一股革命热情，为了他所爱的"家"，真是怎么想的就怎么说，那时提倡的是发扬民主嘛！结果这一举动，在他参加革命之初，使他受到了一次很好的教育。

是之当时提意见的事，我们很多同志都不知道，只知道有一天晚上，我们都睡下了，听见院子里有人叫于是之，我们屋几个人都醒了。有人说，好像是伯钊同志的声音。我们把窗帘掀起个缝儿一看，果然是她。那时都传说伯钊同志很厉害，批评人不留情面。她平时也很少到戏剧部来（她当时是北平市委文委书记，文工团团长是兼职），我们都没怎么和她有近距离的接触。这次，她夜里亲自跑了来，难道于是之出了什么问题？我们有些担心，等到第二天，发现什么事也没发生，大家也就不去多问了。

若干年后，是之在一篇题为《解放》的文章里追忆起当年的那次谈话，他是这样写的：

那时已入初夏，按时熄灯睡觉以后，突然听到院子里一口浓重的四川口音喊我的名字，同屋的同志告诉我是伯钊同志来了，我于是连忙起身，只穿了背心裤衩就走出来了。伯钊同志叫我坐在她面前（他们就坐在院子里的台阶上——李注），从要把北平由消费城市建成生产城市的方针讲起，一直讲到了为什么要演《硫磺厂》。她亲切的态度，和她对一个新同志的一张小纸条的重视，先就使我感动了，以至于忘记了初夏的凉意。更使我惊奇的是，伯钊同志说：剧本不成熟还可以改嘛！这话说了没过两天就组织了修改剧本的小组，而这个小组还竟然叫我参加。按说我是不该参加的，我对解放区，对工人、农民，有什么了解呢？但我当时没想那么多，参加就参加，还不知深浅地提意见，甚至讲到了契诃夫写剧本对人物是如何重视等自己也一知半解的话。（我哪里知道伯钊同志是留学过苏联的！）伯钊同志听了大家的意见，就放手让大家改。改就改，我居然还写了两段歌词。于今，我惭愧地感到了自己的幼稚，然而又有几分喜欢我当时的简单和率真。

不管《硫磺厂》是不是伯钊同志的压卷之作，只看她的这种作风，就足够令人钦佩了。须知那时我还是一个参加革命不到半年、刚刚二十出头的小青年儿啊。有人说伯钊同志"厉害"，我却在她的身上感觉到了民主和热爱年轻人的好心肠。

谈完话，夜已深，伯钊同志急匆匆地去了。她是就回家了呢，还是有许多工作等着她去处理？她那时是北平市委的文委书记呀！

　　记得当时她是骑自行车的……

　　看到这一段饱含深情的回忆，想象得出当时这位可敬的老红军留给他的印象是多么深刻，以至于终生难忘。

　　经过领导做思想工作，开会动员，大家明白了当前排这出戏的重要意义，于是便都积极地投入开排前的准备工作。

　　这个戏的故事，我已不大记得了。它好像写的是解放战争后期，在新解放的地区，一些从事硫磺生产的工人，在党的教育下，提高了觉悟，积极生产支援前线的故事。这出戏虽说是"歌剧"，但因当时创作条件的限制，基本上还是话剧加唱的形式。主要人物都有几段唱，作曲的同志根据唱词谱曲，剧本不断地改，唱词变，曲子也跟着变。曲与曲之间都是独立的，也很少有间奏曲，只是每首曲子之前有些过门，以便唱者找准调子。

　　参加这个戏的演员，由三部分人组成：一是原在解放区演过秧歌戏的同志，他们既熟悉农村生活，又熟悉这一演出形式；另一部分是话剧演员，不太会唱歌；再就是我们几个学唱歌的学生，只知道唱，不会演戏。

　　我和是之在这个戏里都有角色，我演一个农村妇女，原来只分配我演 B 角，A 角是从解放区来的李波同志，她曾在延安和王大化同志第一次演秧歌剧《兄妹开荒》，既有农村生活经验，又有一副脆亮的嗓音，领导是特意安排要我向她

歌剧《硫磺厂》剧照——李曼宜（右）饰演农妇

学习的，但没想到，李波同志临时有出国访问的任务，这副担子就只好落到我的肩上了，真是"赶鸭子上架"。唱，我不怕，此外就不行了，如农村妇女在井台打水、簸粮食、纳鞋底子……这些事，从没见过，很多老同志主动帮我。我到了台上特别紧张，虽说最后还是演下来了，但仍像是一个"学生"在"唱歌"。

于是之在这出戏里演了一位农村的区委书记。这对他来说也很困难，因为他没去过农村，更没见过真正的农村干部，唯一看到的是团里的几位来自解放区的领导干部及随他们进城的几个"红小鬼"——满身泥土气、质朴可爱的农村青年。于是他们便成了是之创造人物唯一能捕捉的对象了。此外，更重要的是有一本书帮了他的忙。那是1948年，地下党的同志送了他几本解放区的书，他珍藏在家里的箱子底，只有晚上才在灯下读，其中有一本《整风文献》给他留下较深的印象。重新读它，从那里懂得了党的干部是干什么的和党对党的干部究竟是怎样的要求。是之就是根据这本书琢磨并创造出了一个农村区委书记的角色。事后在评论这个戏的演出时，伯钊同志对是之扮演的这个角色给予了表扬。她操着浓重的四川口音感叹地说："老易（即区委书记），一位真正的布尔什维克啊！"得到领导的肯定，这对一个还没入党的新同志来说是多么大的鼓励啊！

于是之有时也很幽默，甚至有些顽皮。就在《硫磺厂》最后的合乐阶段，指挥必须根据每个演员的音域，把他们唱的曲子的调定下来。这是因为那时演员的具体条件，乐队只能迁就演员。当时的指挥是李德伦同志的夫人李珏同志，他们对是之都有些了解，略知此人有"五音不全"之嫌，就叫是之反复试了几个调，最后觉得可以了。指挥说："你就用D调，行吧？"是之故意大声地回答："再'低点儿'还行！"乐队一片笑声。

在大家的努力下日夜奋战了一段时间，这个戏终于在当年7月19日、20日两天为文代会和文协的代表们演出了两场，我们算是完成了任务。

难忘 1949 年党的生日

在《硫磺厂》演出之后，团里用了一个多月的时间对我们这些新参加革命的"战士"进行了一段"革命人生观"的教育。学习了《从猿到人》《社会发展史》以及辩证唯物主义和历史唯物主义等一些最初步的理论。那时的理解可以说是很肤浅的，但大家还是努力联系自己谈心得体会，为的是更快地改造自己成为一名真正的革命战士。与此同时，我们还排了一些小节目，准备去工厂为工人演出，向工人学习，为工人服务。在这段时间里，还有一件事是我们非常难忘的，那就是参加庆祝建党二十八周年的大会。

为了庆祝"七一"党的生日，我们赶排了一套大型的腰鼓节目，除了精心设计了一些新的打法、鼓点、穿插花样以外，最后全体演员还躺在地上，用人体摆成"七一"两个大字来结束表演。当时骄阳似火，我们在露天排练，每次都是大汗淋漓不说，再看每个人的脸也都快成"包公"了。那时我们只知道"七一"要演出，但究竟在什么地方演却一无所知，是"保密"的！

7月1日这天，从早晨起大家就都处于兴奋状态中。早饭过后，团里把新做的演出服拿出来了，大家一看，啊，真鲜艳！女的是红袄绿裤、蓝白花头巾；男的是一身紫花布裤褂，头巾是雪白的羊肚手巾；腰鼓带分别是男红女绿的绸子扎在腰间，特别显眼。我们训练班的学员是参加霸王鞭的表演，他们穿的是一身天蓝色的像短连衣裙式的服装，白色"灯笼裤"，腰间也扎一条红绸子腰带，脚上穿的是新买的白色回力球鞋。我们两支队伍的服装色彩配在一起，充满青春的活力。下午，就要出发了，我们才知道庆祝大会的地点是在先农坛体育场。

当时我们文工团的条件算是不错的，有一辆大卡车拉着我们前往集会地点。在去先农坛体育场的路上，我们看到许多参加庆祝活动的人，他们都排着整齐的队伍徒步前往，队伍前边有门旗开路，或是敲锣打鼓，或是唱着雄壮的歌曲，他们看到我们车上红红绿绿的男男女女，知道肯定是表演的队伍，就鼓掌欢呼。车走得很慢，我们仿佛是受到夹道欢迎的"贵宾"。

走进先农坛体育场，看台四周插满红旗，看台上、跑道上已是人山人海了。主席台上悬挂着毛主席和朱总司令的巨幅画像。主席台的对面悬挂的是马、恩、列、斯的巨像。记得在另一侧还有刘少奇、周恩来和任弼时的巨像。北平解放后，我们都是第一次参加这样隆重热烈的庆祝活动，心情非常激动。是之此刻更是按捺不住，恨不得马上跳下看台去表演，把腰鼓敲得山响，把浑身的劲头儿全都使出来了！

这时，天上忽然堆满了乌云，风也吹不散，眼看着大雨点儿落了下来，人们还没反应过来，紧接着瓢泼大雨倾盆而下。看台上的人们毫无遮拦，也毫无准备，顷刻间全都成了落汤鸡。主席台上大喇叭喊着："下雨也要坚持，大会照常开！"大家一起鼓掌表示赞成。但这时我们身上却感到了凉意，我们抱着腰鼓，唯恐它被雨打湿敲不响了，不知此刻是谁带头跳了起来，这给大家鼓了劲儿。于是我们抱着鼓，跳啊，跳啊，唱啊，唱啊，"嗨！嗨！嗨！嗨！……"大家用歌声驱走了寒意。

雨还在下。猛抬头，太阳出来了！人们情不自禁地欢呼起来，看台上跳不下了，我们便跑到了场地中央，接着几个其他文艺团体的同志也都跑下来了，大家围绕着场地扭起了秧歌。

雨停了，天上现出了一道彩虹，装点着庄严的会场。人们更兴奋了，又是一阵欢呼。接着全场灯火通明，在暴风雨般的掌声中大会主席宣布庆祝大会开始了。我们的看台正对着主席台，距离很远，看不清楚，只能听广播。加上那时对很多领导同志的名字还都不是很熟悉，只记得有朱德同志、董必武同志讲了话，还有不少同志也讲了话。每位同志的讲话中都不断穿插着口号声和掌声。

忽然，全场的灯全灭了。我们不知发生了什么事情，有

1949年为准备"七一"演出，文工团员们排练打腰鼓后的合影。

前排左三是李曼宜，最后排戴帽子的是于是之

些紧张，但都能保持镇静，这时才发现身上的湿衣服竟叫我们发起抖来。不多一会儿，灯就又亮了，一切恢复正常。广播里热情地喊着"毛主席来了!"顿时，会场里又是一片更为热烈的欢呼声，经久不息。记得毛主席也带领我们喊口号，欢呼的热浪一浪高过一浪。接着放起了焰火，天空中出现了各种颜色的彩虹，我们都看呆了。实际晚会已经开始了，人家通知我们要准备去候场了，也顾不上看别人演的节目，我们就都跑下看台了。只记得我们那个打腰鼓的节目还是很红火的，最后人体摆字的时候，大家不顾满地的雨水，都勇敢地躺在了地上，摆成了"七一"两个大字，胜利地完成了任务。我们回到看台时，领导拿来白酒让大家驱寒，也算是祝贺演出成功。大家在兴奋中才发现身上披的红绿绸子早把衣服染得一塌糊涂了。再一看，打霸王鞭的同志穿的新白球鞋都变成粉红色的了，哈哈!

在我的记忆中，那天听郭沫若这位大诗人朗诵他的那首歌颂党的长诗，那种声调是我们过去从没听到过的，似吟似唱。头一句"看呵——"，他拉了很长的声音，然后才用铿锵有力的声音读完全句，接着又是一句"听呵——"确实饱含诗人的激情，我们当时觉得很新鲜，有趣。是之听了更是兴奋，恨不得马上就去模仿，可惜当时听不大清楚具体的诗句。等后来见到报上刊登了这首诗，是之便当众"朗诵"起来："看呵——这一道划破太空的长虹! 听呵——这像大海里的波涛一样万雷荡动……"诗的最后一句是："让我们一致地高呼——万岁哟——中共！万岁哟——毛泽东！"大家听着、笑着，有人还夸他学得像，他更得意了，以致后来这就成为是之的一个"保留节目"了。

是之晚年出现记忆障碍以后，每当我和他又提起当年打腰鼓、去先农坛庆祝党的生日，还有听郭老的诗朗诵等等的时候，他仍会表现出很兴奋的样子，足见这些往事给他留下的记忆是多么深刻。

亲历开国大典

1949 年我们参加的另一个更为隆重、更为令人终生难忘的活动，就是新中国——中华人民共和国的开国盛典。

在 10 月 1 日前的一两天，团里的气氛就显得紧张起来。一般没有特殊情况都不许请假回家了，如果出去办事也必须登记。

"十一"的早上，团领导宣布今天参加庆典活动，一律穿新发的灰色棉制服，女同志是"列宁"装，即斜开襟，上边有三颗扣子，腰中间扎一灰布带子，很精神。上午我们就出发了，这次是列队走到天安门的。仍旧是门旗、锣鼓队在前边引路。我们迈着整齐的步伐，雄赳赳气昂昂地去迎接新中国的诞生。

今天看到的天安门城墙、城楼上都被装饰得焕然一新，越是走近她，越感到她的庄严、伟大。城楼正中悬挂着巨幅的毛主席像，两旁各有一条醒目的大标语："中央人民政府万岁""中华人民共和国万岁"，尤其引人注目的是，在城门楼上还挂起了八盏大红灯笼，这是我们以前没见过的。这八盏巨型的宫灯让天安门城楼更增添了节日的喜庆色彩。

当我们来到金水桥附近时，这里已经聚集了不少参加庆典的队伍。我们被带到金水桥的里边，天安门城楼东侧的一个角落里，告知这就是我们的"领地"了，外单位的人一概不许进入。队伍解散后，组织者发给我们一些旧报纸，大家席地而坐，静等那一庄严的时刻。记得领队还宣布了一条纪律：如果有人如厕（离这里不远）起码要两个人一起才能去，而且必须请假，其他情况一律不许离队，坐累了，站起来活动活动是可以的。当时我们以为很快就要开会了（那时开会的时间是保密的），大家猜测着十点？十点半？都到了十一点了，还不见动静。再等，就看见团里的大师傅给我们送饭来了。估计上午是不会开会了，于是大家就美美地吃了一顿午餐，再继续等。大约在下午两点多钟的时候（那时大家都没有手表），不知从哪里传来"要开会了……"，我们精神为之一振，接着领队也来正式通知，让大家整好队伍。这时，我们发现天安门城楼上的人也渐渐多了起来，有人发现在城楼上有一位站得稍微靠前的人，"那是毛主席吧？"我们都踮起脚伸着脖子往那儿看，边看边嚷"是！""是！"这时欢呼声、口号声不绝于耳，广场沸腾了。不知过了多长时间，城楼上的大喇叭广播："大会就要开始了，请大家安静。"接着，主持大会的领导同志宣布典礼开始。这时我们便亲耳听到了毛主席操着他那湖南口音宣布："中华人民共和国中央人民政府成立了！""中国人民从此站起来了！"这就是我们所站的位置的优越性，我们可以最先看到毛主席，而站在广场上的人们就只能听广播，才能知道毛主席来了。但是，接着升国旗、军乐队奏国歌，我们这里就看不见了，只听见隆隆的礼炮声。后来，我们才知道礼炮一共是二十八响，象征着中国共产党从1921年建党到1949年新中国成立，共经历了二十八年艰苦卓绝的斗争。接下来是阅兵式，我们就更看不见了，因为当时在金水桥的前边搭起了临时的观礼台，我们只能听广播。我们听到坦克部队走过的隆隆声，听到解放军方队整齐的步伐声……唯一能看到的是天上的飞机。当看到我们自己的飞机从头上飞过时，大家都情不自禁地欢呼起来，过了一会儿，飞机又来了，又是一阵欢呼。如此，不记得有几次。最后，轮到群众游行了。我记得好像我们在金水桥里边的队伍是最先走的，广场上的队伍还都没动，我们把队形排好，打起门旗，敲起锣鼓，走过天安门，接受毛主席的检阅。我们喊着口号，扬着头，目不转睛地盯着天安门城楼上的毛主席，看到毛主席在挥手，觉得毛主席真的看到我们了，大家情绪十分高涨，都走过天安门了，还要回头再望几眼。我们向西行进，在走过三座门后，就向回团的路上走了。这时已是夕阳西下。

"家"里的大师傅已经给我们准备好丰盛的晚餐。所谓"丰盛"，并不是说有几碟几碗，还是和平时一样，每桌一大脸盆菜。不过今天这一盆是满满的，且有肉，香喷喷的。大家也确实饿了，真是狼吞虎咽。不多时，一大盆菜便被一扫而光。

餐后，团里通知说晚上还有电影看（那时没有电视），大家更高兴了。那天晚上看的是什么电影，我已经不记得了，只记得在电影演完以后场灯大亮时，却很少有人马上就站起身来。原来兴奋了一天的人们，有的已经进入梦乡了。

1949 年 10 月 1 日，是我们终生难忘的一天。无论走到哪里，每逢国庆节来临时，我总会自豪地回忆起新中国成立举行开国大典的那天，我们就站在天安门那里，目睹了盛况。

初次下厂、下矿演出

向工人阶级学习，为工农兵服务，这是当时革命青年所追求的。当我们听说团里准备要我们直接下厂，到煤矿去演出的时候，大家都很兴奋。大约在 1949 年的 8 月以后，我们就开始准备排练一些小节目，记得有小歌剧《好夫妻》、小话剧《前程万里》《老王的胜利》（以上两个戏，是之都参加了），还有《淮海组歌》（由是之朗诵）和其他一些独唱、独奏的音乐节目，集体参加的有大腰鼓、秧歌《大庆功》等。团里还特别请了几位负责工业的同志给我们介绍工厂的民主管理、工会的工作，以及工厂文艺活动中存在的问题等，特别还讲了我们下厂应注意的事项。记得还请了诗人王亚平同志给我们讲了如何创作诗歌，希望我们下去后也能写些东西带回来。

我们参加开国大典庆祝活动后不几天，就开始到工厂演出了。不过，都是在市区，有新华印刷厂、私营仁立地毯公司等。每天演出完我们还是回到团里住，没有什么接触工人

秧歌《大庆功》节目，前排左二是于是之

的机会。从 10 月 11 日起，大约有三十余人的小演出队就下到矿区演出了。

我们的演出队由两位"老"同志担任领队，下分几个小组。我和是之分在一个组里，我是小组长，是之还是负责全队的生活及日程安排等。10 月 11 日一大早，我们就出发了。第一站是去门头沟煤矿。大家怀着兴奋的心情爬上一辆敞篷大卡车，席地而坐，车启动后不久就有人带头唱起歌来。可当车开出城之后，眼前的景象叫我们有些"傻眼"：到处一片荒凉。又走了一段路，不知从哪里跑出一群人来，把我们的卡车拦住了，不让走，像是要打劫似的。我们有些紧张，都不出声了。我们领队和是之、司机他们几个人下了车，跟这群人纠缠了半天，车才又启动了。路越来越不好走，土路上常年被马拉的大车压出了很深的车辙印儿，大卡车走在上边像是"跳舞"，我们坐在车里跟"摇煤球"似的，尤其是坐在后边的人，时常被颠起来。那天的风还很大，一路暴土扬烟，让人睁不开眼。等到了目的地，下车一看，每个人都跟"土猴"一样，你看我，我看你，都笑了。有人禁不住颠簸，把早点都吐了出来。大家说，没想到第一次出行还真经受了些小小的考验。

矿上安排我们男女同志分别住在两间大屋子里。是之回忆说："十七个男同志席地而眠，也一妙趣。"我记得我们几个女同志是住在一个大炕上。

晚上演出开始。演出的地点不是在礼堂，而是在露天一个搭着席棚的土台子上。我们只是在后边挂了一个天幕，顶上及台口放了几盏大灯，就算把"台"装好了。前边因为没有大幕，所以换景、搬道具什么的观众都看得见，但他们也不介意，而且坐得离台口非常近，台下人说话，我们在台上都听得很清楚。记得是之他们在演话剧《前程万里》时，他演的那个角色把一个"坏蛋"给骂走了，台下观众看着非常解气，大声说："拿把草纸（指一种很粗糙的手纸）把他给捏出去！"台上台下一起互动，观众情绪热烈极了，演出非常成功。

第二天（10月12日），为了不占用工人上班的时间，我们演出队决定在上午十一点演一场。在大太阳底下演出，连灯光都不用，工人们仍看得津津有味。他们太需要充实自己的业余生活了。

原说演出完可以让我们下到煤窑去看看，但不许女同志下去。后来，矿上为了安全，男同志也没让下去，大家有些扫兴。等到了西山矿，这里让我们参观了地面上的生产情况。是之记载说："窑没能下去，只作了一次普遍浏览，看一看生产过程。看'气谷'上一个工人，脱光臂膀，拿一把丈余长的通条，每掏一下，火星飞上屋顶，好不壮观。他一通条一通条地掏，不知道累，不知道烤。咱们不行。"

是之这次下来，时时不忘领导的要求，争取联系工人群众，向他们学习，并随时搜集素材，准备写些东西。在西山矿时，他说："今天又采访了一下民教馆和一个锅伙（矿工师傅聚集的地方），都不能深入，明天应该继续做。感情的接近是不难的。"他发现西山矿工会组织得非常好，他们的文娱活动也搞得很热闹。每个文娱方面的积极分子，差不多都是生产模范，他们能随时传达行政工会方面的决定，编成故事或其他形式来演出。

这次在门头沟煤矿，是之交了两位矿工朋友——老白、冯致中。原来他搜集材料，是想写剧本，后来觉得时间太短，"本钱"不够，决定写"人物习作"。后来，到了城子矿，他又发现了一个老师傅卢默儒。他说这是位看茶炉的临时工，六十一岁啦，真进步。是之把这几位师傅的材料都记在另一个小本上（可惜现在找不到了），准备回到北京把它们整理出来或能写成小说，如不成就只作为演员的记录。

在城子矿，是之这个生活干事还遇到一件事。我们演出队的一位男同志突然感到肚子疼，欲呕吐，但这里没有医生，只好把他送回北京。是之跑去借门板，用腰鼓带做成一副担架，他和几位同志一起把病人抬到车站，因他晚上还有演出，就安排其他人送病人回北京了。是之在日记里写道：当他们把病人抬到车站时，"就已经有我们的工人观众来问长问短，很关心了。我们已经生活在工人中间了，是他们关心的、需要的人了，虽程度不高，但已够光荣了。"是之非常注意和工人的关系、感情，他是真心实意地要向工人学习。次日，我们得到消息，那位同志患的是急性盲肠炎，幸亏送得及时。

好像也是这两天的事，是之告诉我，他入青年团的事已经获得团小组通过，只等回去开支部会讨论了。他知道我也正准备申请入团，所以把这消息告诉我，大概是为了给我鼓劲儿，让我也积极争取吧！

10月17日，我们来到石景山钢铁厂，这也是我们下来演出的最后一站，再过三四天就要回"家"了。

是之在日记里记下了他第一次来到大工厂的感受：

> 石景山钢铁厂可与门头沟不同了，显然是一种大工厂气派，机器黑乎乎的大得怕人，建筑也大得很。——不知为什么，虽然这里很干净，可是我很想念门头沟，那里已真交下几个朋友，这里一定很难认识朋友。
>
> 我们参观了炼铁炉（正在出铁）、炼焦炉、制管厂、焦油厂。发现了无产阶级弟兄们真能把世界变了样。工人要组织起来的确是人类中最大的力量。
>
> 参观一个厂房，工人一定围起我们叫我们唱歌，情绪热烈极了。

石景山的观众看演出比较安静。他们这里正赶上生产热潮争红旗，前几天也开过几个晚会，不过他们对我们的节目还是很欢迎的，原定演出两场，经他们邀请最后又加演了一场。

这里是大工厂，我们出入必须请假。是之这个生活干事要负责登记请假，他全天就不能出去采访了，只好待在屋里整理在门头沟收集的材料。他用了一个晚上写了一个"门头沟小唱"，自认为"还算凑合，有些生活，毕竟不同"。他把写好的"小唱"念给我听，我听了以后随口就说，可以把它谱成一个说唱形式的曲子，类似曲艺那样的。他说："那好啊，你来写吧。"我觉得没有把握，就说："试试吧。"很快，我就按我的想法把第一小段写出来了，唱给他听。他认为还行，就说："接着写吧！"另外，他又开始考虑写"老白探亲"，他在10月18日的日记中写道："'老白'的文章只写成一半，明天完成。对话太少，主观描写太多。是杂文或报告记录，总之不是小说。"可惜的是，我俩要写的东西，谁也没有完成（"老白探亲"虽只是半段，倒还可以独立成章）。我们在石景山加演一场以后，马上就进城回团里了。接下来就是开会总结，是之还要负责写全队的总结，又接连不断来了新的任务，我们再也没时间考虑写那些东西了。

是之回来后，青年团就让他填写了"入团志愿书"。支部大会通过后，他的组织问题就解决了。是之在日记里说："这两天入团问题解决后，精神爽快多了，也像是多了许多朋友，客观上也的确更积极起来，现在我已经时刻想到自己是个团员。"这时，是之身上好像更有使不完的劲儿，领导也不断往他身上压担子。那时，团里宣布说即将排两个大戏：一是重排《赤叶河》；一是新排一个苏联话剧《莫斯科性格》。是之除了分到《莫》剧之外，还要把没被分配到这两个戏里的同志做些安排；另外还要帮助李波同志安排从训练班进入戏剧部的一些同志的工作学习等事情。是之对交给他的这些新鲜事情都很感兴趣。

大戏还没有开排，我们又接到一个紧急任务——当下鼠疫正在流行，很危险。领导动员大家赶快突击编些防疫宣传材料。我们听了一些情况报告后，就开始动手"创作"。是之写了一个"街头剧"，有的同志写了小戏、歌词、快板等。我不记得是谁写的歌词，我也写了一首歌。团里临时组成一支防疫宣传队，准备到街上去演出，是之又是领导之一（我没有参加这个宣传队）。11月8日是防疫宣传的第一天，是之做了舞台监督，开演前由他致词。他自认为"说得不赖，得意之笔"。是之这样记录了第一场演出："成绩还算不错，一共有观众一千人，多是贫民，比起工人组织纪律是差得多。下厂之后又一次接近群众工作。"他们演了几场之后，在长安戏院向领导做了一次汇报演出，我也去看了。我当然特别关心我写的那首歌，听起来效果还不错，真是出乎预料。

不久，是之在门头沟煤矿交的朋友来团里看他。他们谈了半天，是之感慨地说："他们的政治水平已经超过我们了，不奋起直追简直文艺工作者都当不好。"从门头沟矿的工人来看他以后，接着又有一批接一批的工人来。他在日记里写道："西山矿的赵连涛也来了，谈得很痛快，现在他们向我提出搜集材料，我很难为情。因为已经感到人家比我强，从此能锻炼得自己更虚心一点。"

现在看，领导安排我们"新"同志下厂下矿去锻炼、去接近群众，并向他们学习的效果在是之身上是充分体现出来了。

值得回忆的苏联话剧《莫斯科性格》

　　我为什么说这个话剧是"值得回忆"的？原因有二：其一，这个戏是我们文工团扩建为北京人民艺术剧院后演出的第一个大戏；其二，我和是之正是在这个戏的排练过程中确定了恋爱关系并最后结为终身伴侣的。

　　1949 年 10 月底，我们下矿下厂演出回来以后，团里就宣布下一阶段准备排两个大戏：一个是歌剧《赤叶河》，这是进城后就演过的保留剧目，这次是复排，演员基本上还是原班人马；另一个戏是苏联的话剧《莫斯科性格》，这是前不久李伯钊同志出国访问时带回来的一个剧本，作者 A・沙弗罗诺夫。据介绍该剧本曾荣获 1948 年斯大林文艺奖金首奖，是当时苏联最成功的剧本之一。

　　记得这个戏的主要情节是说苏联卫国战争后和平建设时期，某工厂的一位厂长，在工作生产中曾取得非常优异的成绩，因而产生了骄傲自满情绪，变得固步自封，使工作受到了损失。后经党组织和同志们批评帮助，他提高了认识，从而在领导工作和工厂生产方面又有了新的跃进和发展。戏在最后点题说："承认和改正错误的勇气，正是莫斯科性格，也是俄罗斯性格、布尔什维克性格的一种特点。"

《莫斯科性格》是我们团进城后第一次排的一个多幕话剧。现在回想，那时的伯钊同志已经考虑到要进一步建设剧场艺术的问题了。她曾经说过，原来的文工团是打游击战，今后要占领剧场阵地，要打正规战。

打正规战，不搞突击，要提高艺术质量，这正是这次团里对排演《莫斯科性格》的要求。这个戏的男女主角分别由徐岑、叶子担任，方晓天、石一夫、田庄、金犁及是之和我也都参加演出了。为"打正规战"组成了一个导演团：有刘郁民、芦肃、韩冰和殷振家，刘为执行导演。但戏排得并不顺利，因为演员来自四面八方（解放区的、大后方的、演剧队的、沦陷区的……），这么短时间凑在一起很难形成统一的风格，不过大家都很认真努力，只能说是八仙过海，各显其能了。叶子大姐在大后方演过不少话剧，有她自己的一套办法。我看是之不慌不忙地也在准备着角色。第一次连排，有的专家来看戏，还说他演得很自然，给予好评。他是怎么做的呢？当时我们没有交流过，时隔多年，直到"文革"后期，我才从他的一本日记中得知。

在"文革"期间，他被勒令将所有的笔记本，包括开会记录、发言、演员日记及个人日记等一律上交，"文革"后期退还给他时，他愤怒地把所有的笔记本一起都填进锅炉里烧掉了。只剩了一本他在解放初期写的日记，没舍得烧。那里面记录了他刚参加革命时追求进步思想并被吸收为青年团员时的激动心情；还有当时他参加的各种演出活动以及我俩恋爱的全过程。小册子虽然很薄，但它承载的感情分量却是厚重的。后来，我们便把它命名为《珍贵的日记》。就是在这本日记中，我读到了他是如何创造他演的那个角色的。

1949年11月14日（星期一），他在日记中写道：

上午开《莫斯科性格》的动员大会，我演A cast的维克多，是个学历史的大学生，在苏联学制上看他该是二十一岁到二十六岁。

现在是下午两点钟，从此刻起，希望维克多逐步走进我的生命来。我准备多找参考，少读剧本，因为这个角色不是很多的戏。他对于我将有两个东西要增加，一个是苏联大学生的一般气质，一个就是维克多的恋爱观。

现在有三种功夫要下：

1.培养社会主义大学生的气质。……

2.唯物恋爱观的学习，和注意苏联电影的恋爱故事。

3.在《莫斯科性格》这样一个高度思想性的剧本面前创作一个角色，该明确分析这角色在意识上是该被批判或是该表扬，不分清这个将会使演技流入自然主义。……

对于这个角色的准备，多用书本是有直接好处，培养一种好读书善空想的气质在他身上。

其实，是之在开动员会之前，一接触到剧本就积极搜集材料，并开始做思想准备了。

11月8日，他看完苏联电影《青年近卫军》后，受到很大震动，得到了一种力量。那几天，也正是他被批准为光荣的青年团员的日子。所以，他在日记中写道：

作为一个优秀青年，应该随时不忘为人类求解放的艰巨任务，应该随时随地地把这思想与工作、生活结合起来，只有时时意识到这伟大责任而产生的热情，那才是能持久的，那才是最伟大的。

初步意识到布尔什维克的性格，要想把《莫斯科性格》演好，只有将自己更在意地从思想上提高一步，时时地想着为人民服务不惜流血，把自己转变得更高尚。

现在我想读《苏联人》那本诗集，果然那里是在宣颂一个个苏维埃领导下的性格，我将会爱读得发狂。

后来，是之还从莫斯科市公共教育局局长在1947年的一篇报告中找到了他认为对角色有用的东西。这个报告说，学生们在准备庆祝莫斯科建城八百周年纪念时，很多人都加入大量读书的活动，并参与对莫斯科的历史——它的过去、现在和将来的研究，然后写出了很多很高水平的作品来，有很多学校还举办了学生研究莫斯科历史的成绩展览会，从中也看到学生本人的"梦想、企望和意向"。是之认为维克多正应该是他们中的一员。

当时，是之和谷风同志一起分析维克多这个角色时，谷风认为维克多是戏里角色中唯一说出莫斯科未来的人，这也是作者让维克多成为历史学家的缘故。是之认为很有启发，从而引申出维克多在剧中应是一个被肯定的角色，这对他创作这个角色更有信心了。

接着，是之又开始研究维克多的恋爱观。他同样是找了些书去读。他在笔记中摘引了《社会主义与道德》一书中的一段话："恋爱本身只有在这个时候，即是当它在人与人之间造成了精神上的共通性，并在这里引起了新的兴趣的时候，才成为崇高的情操。"此外，他还从《苏联的恋爱婚姻与家庭》（柯尔巴诺夫斯基著）一书中及其他的书中摘引了很多原句，并且都很长；还抄录了一位诗人写的爱情诗……是之自己也说："这两天我是迷于找恋爱材料了，明天得再看剧本，应逐渐走进系统准备的阶段。"

就在是之埋头研究维克多的"恋爱观"时，发现自己在生活中似乎也真有些想谈恋爱了。他在日记中写道：

我最近好像很考虑恋爱问题，难道这是一般人所说的到岁数了吗？然而我相信工作来了会忘却这些的，但克制是不是就对？……

　　此后他就有意识地对身边几位女同志观察、遴选，同时也还是在矛盾中。他说："恋爱了除了在精神上多了一些依靠，还有什么好处，真能互助，使每一个都发挥更多的作用在革命中吗？……"过了不久，他日记中出现这样的话："自己难得把自己思想严肃起来参加恋爱，但还是有些麻烦。"他所说的"麻烦"，不知何所指，后面接着用英文写了一句："To be or not to be。"看来他在谈恋爱方面还经过一番思想斗争哩！

　　几天后，他在日记中写："自己的恋爱颇有苗头，"又说："我每一分析与创造维克多的时候，总想到她的本身，这能使我在分析中有更浓的感情。"这里的"她"，指的就是我。当时，我也是有感觉的。就在他写"有苗头"的第二天，在我的日记里也有"于的问题，现在还很难测，我仍在犹豫……"这样的话。这年12月20日，在我俩的日记中都谈到了恋爱的事。他好像是怕人看到，所以全用英文写的，句子也不太通顺。我是这样写的："那件事情（当然是指我与他的关系）我很希望能明朗化，我是不喜欢在那些事上浪费时间的，我坚持我过去的念头，那必须是在事业上有所帮助的，否则，就可以不去管它。"

12 月 21 日，他写道：

> 我在恋爱上暴露了思想问题，自己是多么的好面子啊！明明是在爱着人家却又故作自尊地放掉机会，真是该死！……我不愿意再忍受，我要写信给她。告诉她我爱她，我们可以在一起工作得更好，生活得乐观。这样拖来拖去，是不健康的情感在作祟，不像革命者的气魄。
>
> 现在先做总结工作，不想这个吧！

"总结工作"，他指的是在这段排戏的过程中插了一个"评级"工作，即将要改薪金制了（我们当时都是供给制）。是之认为，评了级不只是多拿些钱的问题，主要是作为文艺工作者这一行业在政治上正式被承认了。一个新中国的戏剧工作者——一个话剧演员，真是幸运。在旧社会，"演员"这个行业是得不到人们应有的尊重的。

这次评级是由各单位推选出来的评薪委员组成评委会领导进行的。是之在日记中说："戏剧队三十七人，我以二十八票当选为评薪委员，这是群众的寄托，自己应保持这个好的群众基础。"经过初榜、二榜定案后，是之便开始写工作总结。他记道："写总结写到夜里四点多，李曼宜还是放不下。……恋爱确是一种考验啊！哪一天两颗心明朗地靠近，那真是个愉快的日子！"这两颗心真的要靠近，看来似乎也容易，也不容易。说容易，本来两人就都有意要靠近了；说不容易，"终身大事"嘛，总不想轻易做出决定。既然要谈，就要负责任，要慎重考虑。这样想来想去，终于在这一年，即1949年的最后一天的晚上，这层窗户纸被捅破了。

我们郑重其事地明确了俩人的恋爱关系，这就让我们的心更踏实了。应该说，这是一个严肃的决定，它让我们恪守了一辈子。当时我们还说，咱们不能因为谈恋爱而脱离群众，更不能影响工作。这样，从表面上看，好像我俩接近得更少了。有趣的是，在《莫斯科性格》的戏里，是之扮演的维克多想追求的一位女性正是我扮演的一位苏维埃代表，但他们的恋爱没有成功，最后苏维埃代表和一位工程师（田庄扮演）结婚了。而在现实生活中，于是之则"胜利"了，他的恋爱成功了。若干年后（是之已经住院了），一位"老"同志告诉我："当年你俩恋爱谈成了，把是之高兴的，回到宿舍里满地打滚，还说李曼宜答应我了……"不知这是真有其事，还是"演义"。是之在他当年的日记里写道：

参加革命一年，有两个革命同志就这样结合了。我觉得她更美了，我们将很快地结婚，我估计在今年春天。……快乐的幸福的1950！

1950年元旦是我们华北人民文工团一个大喜的日子，就在这一天，它被正式宣告改组扩建成为一个正规的剧院，即

苏联话剧《莫斯科性格》剧照

于是之（正面）——扮演莫斯科大学历史系学生

李曼宜（侧面）——扮演纺织女工，最高苏维埃代表

北京人民艺术剧院。我们的团长李伯钊同志任院长，剧院隶属于北京市人民政府。建院大会是在中山公园中山堂举行的，非常隆重。那天到会的有朱德总司令、中共北京市委书记彭真，以及周扬、邓拓等许多领导同志。我们全团同志也都参加了。大家聆听了领导同志的重要讲话，并在中山堂外边合影留念。这张珍贵的照片我们很多同志现在还都保留着。

随着剧院的成立，《莫斯科性格》的初排也完成了，只是大家对戏的质量心中没有底。1月10日，第一次彩排，请了一些专家来看戏。事后听说专家提了不少意见，主要觉得戏散，无论是导演还是演员对戏的理解还不够深……1月11日，是之去参加了院部及导演团召开的扩大会议，会上同志们除了研究这个戏存在的问题，还决定要请专家来排戏，想请当时还在北师大任教的焦菊隐先生来排"节奏"，等等。领导的这些决定，我们大多数演员是不知道的，我只记得过了几天，在排有我上场的那场戏时，洪深同志来了，给我们排了一上午，大家觉得还是有收获。过了不久，大约在1月20日，焦菊隐先生也开始来给我们排戏了。就在1月底时《莫斯科性格》又彩排了一次，这次仍是请那些专家来看戏。据这个戏的译者之一张艾丁先生回忆，第一次彩排时，他是陪着欧阳予倩和洪深同志来看戏的，想听听他们的意见。散戏后征求他们意见时，他们只是摇头不语。后来，欧阳予倩同志说："唉，就那么演吧，要打分数的话，我只给四十分。"第二次彩排，艾丁仍是和欧阳予倩同志在一起看戏。看完后，欧阳院长说："奇怪！第一次彩排，我只给四十分；这一次看过后，我得给打八十分！——时间才只有几天啊！"

苏联话剧《莫斯科性格》在1950年2月2日正式公演了，演出地点是在真光影院，即后来的北京剧场。

戏上演后，反响强烈，各报刊杂志纷纷发表文章介绍、"点赞"（借用一个时尚的词儿）。是之在日记中也说："《莫斯科性格》红了，轰动得不得了，市政府认为可作为一部《整风文献》看。"

这个戏从上演之日起，到3月18日左右，场场座无虚席，而且经常是每天日夜两场（角色分AB制，轮流上场），有时是干部包场，也有给青年演的专场等等。据3月19日《新民报》上说，这出戏共连演了六十五场，观众达六万多人。还说，在北京此前话剧连演的最高纪录是四十五场，如解放前演剧二队演的《夜店》和艺术馆演出的《大团圆》等，像《莫斯科性格》这样创下连演六十五场的最高纪录，实在是北京戏剧演出史上的一件大事。对该剧的评价有报道说，"各界反映：一个好戏、一次整风、一堂政治课，真解决问题"。

北京人民艺术剧院建院后演出的第一个戏成功了。3月22日，全院聚餐，红红火火地开了一个庆功大会。

最后还要记一笔：就在这个喜气洋洋的庆功会上，院里还给两对新人举行了婚礼，一对儿是海啸和朱瑛，另一对儿呢，就是是之和我。

从恋爱到结婚

我和是之的恋爱关系是在话剧《莫斯科性格》的排练和演出期间逐渐明朗化并确定下来的。是之在 1950 年元旦那天的日记里郑重其事地记述了这件事：

> 昨天，与曼宜明确了恋爱关系。谈得很严肃……
> "我们算什么时候开始的呢？"她坐在炉边椅子上这样问。
> "就从现在开始吧！"我这样答。
> 我们吻在一起了……
> 我觉得她更美了，我们将很快结婚，我估计在今年春天。

为什么刚刚明确了恋爱关系，就马上想到要结婚呢？彼此之间再多接触接触，更深入地做些了解不更好吗？可那时就是怕因为恋爱而影响工作，担心两个人总是在一起会不会脱离群众啊，所以还不如干脆结婚算了，把这件终身大事解决了，就不再为它耽误时间了。——这完全是一个非常理性的决定。其实，当我们冷静下来，想到结婚以后就要生活在一起时，似乎还各自都有些想法或说是"顾虑"，没能真正摊开来谈。

在我俩开始试探着想"交朋友"时，当然是觉得对方的"人"很可爱，有相互吸引的地方，可以交往、发展，但毋庸讳言，我们彼此之间也都有些想法，还没来得及认真地敞开谈。譬如，我本来是个自尊心很强的人，可和是之一比，总觉得在思想进步、个人表现等各方面都不如他，在他面前就有些自卑，也不愿大胆地谈出自己对各种问题的看法，怕人家笑话我幼稚，我觉得他是有些自傲的。所以两人在一起时没什么话可聊。我想，这将来要在一起生活的话能愉快吗？……有些犹豫。

是之呢，他对我也有看法。就在那个定情之夜的前两天，他还在犹豫——

12月28日，他在日记里写道：

> 李曼宜群众关系容易搞不好，基本上还是小姐脾气……可她这毛病，是非改不可的。

12月30日他又写道：

对于李曼宜的个人修养欠佳的问题，应该严肃地去认识。现在第一个步骤是应当采取恋爱，然后再批评帮助她呢？还是先在逐步接近中先把这毛病削弱一些再谈恋爱呢？

现在看，当年我们谈恋爱是多么"理智"啊！这哪里是在谈恋爱，简直就像在处理一件"公务"。

就在这天（30日）晚上，他应该是带着他那些想法，又来到了我的宿舍。我们在一起待了两个多小时，相互之间又多了一些了解。回去后，是之仍感到对我有些看法。"先慢一点吧！现在所以有这些毛病，都是她的宿疾，自幼培养起来的，并不是情感寂寞造成的后果……本质上还是小姐脾气"，他在当天的日记里写道。

可笑的是，就在他做出"先慢一点吧"的决定的第二天，即31日——1949年的最后一天，他就没能控制住自己情感的闸门，——"我们吻在一起了"。矛盾吗？不，这正是不可抗拒的爱情的力量。

是之分析说我的小姐脾气是"宿疾"，这是对的。因为我和他的家庭出身是有差异的。他从小丧父，和寡母一直过着贫苦的日子，虽说他母亲把他当成"眼前欢"，非常疼爱他，但他怎么也成不了"小少爷"。我则不然，我出生在一个中等职员的家庭，父母感情非常好，我又是他们的第一个孩子，从小就备受关爱，祖母更是对我宠爱有加。无形中就把我"培养"成了个"大小姐"。但是好景不长，就在我十三岁那年，母亲在生下我第三个弟弟后因失血过多，心脏病发作，就撇下我们四个孩子走了。祖母受不了这样的打击，在我母亲死后一百天也去世了。原本一个和和美美的家转瞬间就破碎了。从此，我变得非常消极、悲观，我觉得我是世界上最不幸的人了，没有人能够理解我的痛苦。所以我也不愿和人多接触，成了一个孤傲的人。

要"融化"我这种悲观的情绪不是很容易的。参加革命后，我也努力想改，但一遇到一些不如意的事时，就控制不住自己，又出现了反复。

是之在他的日记里把我们的恋爱过程都做了较真实的记录。

1950 年 1 月 3 日，他写道：

> 曼宜觉得她不如我，因此英雄感情受了挫折，另外又很爱我，她于是哭了，哭得很痛，我真感动，我真爱她呀！很好地解决了这个问题，就是给我们打下了铁石基础。

1 月 5 日：

> 曼宜有小羔。与曼宜谈节奏，从昨天一起谈费孝通，我们之间似乎有了些内容，是好现象，应设法巩

固它。

希望曼宜病快好。

1月6日：

今晚体验了一种新的情感，安静而舒适。她病了。我在看《苏联演剧方法论》，陪着她，她看报，不时交谈一语。

"你说我们一起生活时什么样？"

"还是这样。"我答，又都看书了。还不时一起弄弄火炉……

这大概就是他所希望的既谈恋爱，也不耽误工作、学习的情景吧！平静的生活没过几天又出现了反复。

1月9日，我们排练放假一天。晚上他又来到我的宿舍。

与李曼宜今天一起在她屋里哭了，她是承认彼此在一起的相爱基础，认为了解不够，在一起没话说，我也分析过，主要是我们把问题处理得太理智了，没有感情生活。最后，我企图接吻一起解决问题，使彼此感情再有一个新刺激，但弄得很不好。我马上觉得自己简单、可耻、愚蠢不堪，落泪，哭。

我们这是什么问题呢？一时分析不清楚，作罢。

发展地看，因此几滴泪也许情感上就都又贴近了一步。但也的确是个麻烦，她太脆弱了。

我们这些泪，基本上都是珍惜自己的不易拿出来的爱情。我真不愿意再恋爱了，假如这次失败了的话，我很难在这个问题上提高一步，总是在爱人面前自惭形秽。我们是两个骄傲的人。

1月10日：

曼宜也发现了我的骄傲感，在这一点上彼此谅解了。两个骄傲的人碰在一起，但新社会不同于旧社会，我们的骄傲毛病不只属于我们，也属于人民，同志们也会在工作中帮我们克服。

她提出结婚，快"什么"算了。我们初步决定在《莫斯科性格》演完的时候，下乡之前。现在是请组织留房和通过组织。（那时结婚不需要去登记，主要是向组织申请，批准后就可以结婚了。——李注）

一辈子的事决定了。

昨天四行泪，今天更知心！

1月13日：

与曼宜在一起已经很愉快了，真是说不完的话啊！

1 月 14 日:

女孩子参加恋爱是容易比男孩子心思重啊!

曼宜老像小脑子里转不完的圈。我希望都知道,我也更希望谈谈爱情,但说不出啊!

我可能在恋爱中表现得不够诚恳,其实是天晓得!

1 月 16 日又出现反复:

今天闹恋爱情绪,落泪若干。曼宜心地失之于狭窄。昨天与她提出脱离群众的问题,今天就又情感不安定,至晚上才初步把精神转过来。不过这回一定要把问题闹清楚。

1 月 17 日:

今天初度展开批评,彼此很痛快地说了心里话。她对我的意见就是我不够诚恳。真的,她一"情感吃螺丝",我就觉得基础要垮。我不够爱她吗?

1 月 19 日:

曼宜对我提出意见，真愉快极了，这是很难得的。

1月20日：

与曼宜情感已处得极好，我们真爱啊，吻，祝你睡好。

1月25日，我又闹情绪了！

曼宜总觉得自己演戏没前途，还以此而闹情绪，这是不好的，她今天又这样了。真希望她快把这窄心病改好，否则再加上我的脾气，那前途真不敢想。曼宜！我们都改好自己的英雄主义，丢掉我们的面子问题吧！到那时候我们就更爱了。

曼宜，曼宜，你快改掉你的窄心病吧，否则我……不愿写下去，我希望你经常愉快，只要你高兴，我就高兴。你演戏能力低，应当承认，但那是历史决定的，从你的智慧，丰富自己创造的源泉，前途光明得很么！

我的情感也是脆弱的，不过是自幼的世故磨练，和一年的革命教育，使自己稍微好了一些，但在爱情上也往往是经不得冷热。与曼宜在一起，想合作得很好，就应该在这一点多做些忍耐。

我不应又想到是否要摧毁爱情基础。这一点对曼宜要相信的。

但是，你能给我更多的愉快吗？我真怕我添给你什么不愉快啊！

《莫斯科性格》从 2 月初开始上演了，每天工作很紧张。2 月 12 日，是之在日记中说：

与曼宜完全好了，没有甚芥蒂了，只是重要的问题接触得不多，要逐渐多接触，使彼此从思想上结合起来。

2 月 13 日，他写道：

曼宜说"说句实话，幸亏有这个（指恋爱——李注），否则我就更痛苦了"，恋爱对她有了帮助，我心很舒服，但希望她没有那么多痛苦。

2 月 18 日，是之记：

曼宜已被批准为青年团员。

我们的恋爱经过反反复复，现在看来"形势"不错，"多云转晴"了。今后呢？大概还会在不断的反复中"反复"，然而"反复"从没让我俩疏远过，相反，它让我们的相互了解更加深了，心贴得更紧了，情感有了更高的升华。

"反复"只不过是我们结婚前的一段"小序曲"而已。

在我和是之的关系日益接近了以后，我想我应向家里做个"汇报"。那时我家里的成员已经有了很大的变化。自从1936年我母亲和祖母去世以后，过了一年多，我父亲便又结婚了。我们的继母是一位小学教员，家住在天津。她也是一位孝女，为了照顾年迈多病的老母亲，迟迟不肯出嫁，后经人介绍认识了我的父亲，便来到我们家。她刚一进门，就当起了四个孩子的母亲，很不容易，接着她又生了二男二女。到北平解放前夕，家里已经有了十口人了，日子过得比较拮据。刚一解放，我和大弟、二弟就都参加了革命，离开了家，但我们全家人相处得一直都比较融洽。

我回家后，和父母介绍了是之的情况，他们对我是信任的，也没提什么意见，见我自己把终身大事解决了，还挺高兴，并表示希望哪天我带是之来家里见见面。

1949年最后一天，在我和是之明确了恋爱关系并决定结婚之后，我便让他跟我回了一趟家。

是之在1950年1月2日的日记中写道：

今天曼宜叫我到她家里去，原来这可爱的小姐姐已经跟家里说了，是她母亲邀我去的。我起初以为一定很尴尬，结果还自然得很。她有一个小妹妹叫李晶宜，聪明极了。

就是这个"聪明的小妹妹"，那天扮演了一个很"重要的"角色。本来大家初次见面，一时找不出更多的话题，母亲怕冷场，就说："小晶晶，给于同志表演个节目！"她非常大方地站在了客人的面前（那时她大约只有六岁）唱了起来。她唱了一首《朱大嫂送鸡蛋》，连唱带表演，一只脚还用力跺着地板打拍子，有腔有调，有板有眼的，把大家都给唱乐了。屋里的气氛顿时就改变了，说起话来也更随便了。所以说，是之第一次"觐见"的成功应归功于这位小妹妹。

我和是之在情感上经历了多次反复之后，情绪逐渐地稳定了，"结婚"这个议题也随之一步步逼近了，但此时是之却有些犯愁了，他愁的是钱。"春初结婚，还是需要钱，如何办。不是注意形式，但那么美好的内容，难道不该点缀得丰满些吗？"是之在日记中写道。后来他知道我们家已经在准备了，很感动。他在日记中写道："曼宜家准备以二十万元人民币（解放初期人民币旧币一万元相当于新人民币一元——编者注）来筹备出门子，我情感上甚为感动而又有些受伤害。"

1950 年 1 月 28 日，星期六，是之写道：

曼宜回家给小晶晶带去生日礼物，新年画三张，据她说小晶晶非常满意。曼宜回队来一直谈到夜晚两点，东西南北，上下古今。……谈到她母亲已经给我们做了新的粉红绸子被面的棉被……后方积极支援如此，如何了得。我很觉"不落忍"。

2月17日，阴历大年初一，是之记：

> 除夕夜，在曼宜家过的，很自己，没有什么不自然，我更爱她了。

2月28日，又写：

> 曼宜家被褥都已经预备好，一番热情，但又不能实用，事实上是浪费了。但现在我也没有什么歉意了。

是之所以认为那些绸缎被面的被子不实用，浪费，也不奇怪，因为我们那时都没有长久在这里安家的想法，全国还有的地方没解放，我们都希望或想着争取有南下的机会以锻炼自己。那时，我们不仅没想要有衣柜，连箱子也没买。只买了两个大的蓝帆布包，准备只要一声令下，我们"打起背包就出发"，所以一切从简。

我们申请的"新房"也有了，在史家胡同后院的一个角落里，是一间大房子打了一层薄薄的隔断，可以住两家人。隔壁当时已经有人住了，是一对正在闹离婚的夫妇，他们经常吵架、拌嘴，我们在这边都听得清清楚楚。

我们屋里的陈设也很简单，都是剧院提供的：一张双人床，一张桌子，一把椅子，还有一个小方凳；冬天还要生一个火炉子，这样屋里的空间就所剩无几了。

1950 年 3 月 22 日，剧院为话剧《莫斯科性格》演出圆满结束开了一个全院的庆功大会，同时有聚餐、联欢等活动，也为了喜上加喜，领导决定把我们两对申请结婚的同志——我和是之、朱瑛和海啸的婚礼也安排在同一天举行。这一天便是我和是之正式结婚的日子。

我们的结婚"礼服"是自制的，就是把去年新发的灰色棉制服拆了，抽去其中的棉絮，做成夹衣，然后洗净熨平，穿起来相当笔挺，自我感觉很精神。

那天的"婚礼"上都有什么仪式，都有什么人讲了话，我现在已记不大清楚了，双方家长，只有我父亲去了，好像主持人还请他讲了话，究竟说了些什么，已经没印象了。总之，"参加"婚礼的人很多很多（全院大会嘛），场面非常非常热闹。但遗憾的是，怎么就没人想到要照张相片留个纪念呢！我们的结婚是既没有结婚证书，更谈不上什么婚纱照，幸好剧院给我们准备了一块粉色的缎子，供大家签名用，缎面上方写：

于是之　李曼宜　同志结婚志喜

下方写了日期：

一九五零年三月二十二日

想不到这一块不到二尺见方的缎面上竟密密麻麻地被同志们签满了名字，这也是我们结婚留下的唯一一件珍贵的纪念物。

那时结婚没有"送礼"的风气，我们只收到唯一的一件礼物，就是叶子大姐送给我们的一本不大的相册，我一直把它珍藏至今。

在 2000 年，我们金婚的那年，我想起了当年结婚时的那块"签名绸"，于是我把它找出并挂了起来。我和他在签名绸前照了相，弥补了当年的不足。我还和弟弟百城一起把在绸子上签名的那些战友的名字一一抄录下来，留作纪念。

他们是（可能有遗漏）：

陈于时　冯殿忠　李汉民　李百城　王　青　杨宝综
郑　乾　贺高勇　黄　群　杨　斌　任　群　李　波
樊如蓝　张俊珠　谷　风　田　庄　于　颖　舒铁民
杜矢甲　于　磊　刘　洞　岑乐驷　陈　华　邵　鲁
濮思温　党允武　史广汉　罗　坚　方晓天　包　瑛

陈浮生　张政国　陈　奇　丛肇桓　林　苇　王敏忠
程　若　石　谷　邵庆祥　高子桢　包伯芳　官自文
曹　旭　管苇舟　于　鼎　刘玉玺　秦肖玉　孙　静
陆　易　凌琯如　高鸿亮　李德伦　姚学言　田麻子
黎国荃　金治平　金正平　徐洗繁　黄伯春　张蕴茹
孙佩华　石　诚　许宗大　白爱兰　付兆先　海　啸
李晋玮　严仁明　殷韵含　沈　湘　石毅夫　罗昌遐
王镇如　叶　子　邱　杨　居乃鹋　周　崧　陈永田
张　杰　刘郁民　李　均　叶　丹　李若华　孙宝英
汪　玮　张怀栋　金　犁　黄　斐　刘福祥　路　奇
友　梅　朱来福　许宗韫　袁彭年　祁承锦　刘诗荣
朱　瑛　董淑英　沈　默　常宏伟　宋兆鹏　关太平
李　津　于文元　杨　威　陈　南　黄晓和　李润华
殷振家　陈德禄　黄　山　李　珏　孟　瑾　李　滨
叶景云　冰　明　王佩屏　周加洛　李乃忱　邵伍祥
黎　频　黄晓同　郝存厚　孙世荫　张厚义　王　祥
张　成　夏溥珊　许铁刚　曹炳范　端木蓝心

1950年，我们是"朋友"啦

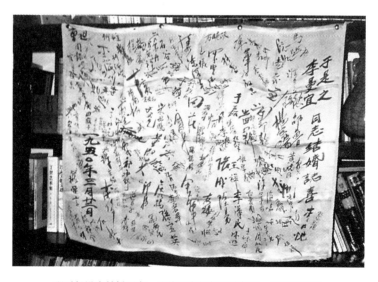

那时候没有结婚证书，这块签名绸便是我俩唯一的结婚证明

在结婚典礼上，只有叶子大姐送了我们一份礼物——相册

2000 年金婚照

我们的家

是之的好友黄宗江曾在一篇文章中提到："解放后不久，他（是之）邀我去他家，并细声说道：'我有个家了！'时为平房，尚非楼房。"宗江指的正是当年组织上分配给我们的那间小房。宗江认为屋子虽不大，却别有情调，"大概还是蜜月或蜜年期间吧"。

那时都是公家给分房，同时给配点家具。我们这间小屋是由一大间屋子隔开的，中间有一堵很薄的墙将两家人分开。小屋里只有一双人床、一书桌、一凳、一椅，再加上一个装有烟筒的小炉子。没有书架，更没有衣柜，只有两个蓝帆布包盛放我俩换洗的衣服——这也是唯一属于我们自己的东西，它们被安放在床底下的一块木板上。这，就是我们的"家"。看起来虽有些简陋，但我俩都很喜欢它。

我们有了自己的家，就成了"一家人"了。可多年过惯单身生活的我俩一时还真有些不适应。这就需要在相互尊重的前提下有一个"磨合"的过程，然后才能逐渐真正地融合到一起。譬如，他爱看书，这我是知道的，但他读起书来那股执着专注的劲头儿，我没见到过。开始时，我回家后看见他也在家，就兴冲冲地想把我这一天想到的事情告诉他，可得到的反应却很冷淡，他像是听进去了，又像是没听见。我很纳闷，难道他对我说的话不感兴趣？甚至脑子里闪出一句话："怎么刚结婚人就变了？"后来，我慢慢才发现，就是在他认真读一本书时，或是在想一个问题时，尤其是在揣摩一个角色时，最怕人打搅他。这我就明白了，我想这是必要的，应该尊重他这个习惯，有什么事，等他休息时再说。谈恋爱那会儿，他能常找我来聊天，是他有意安排的时间呗，我想。

还有，我发现他有时为了一些不太顺心的事，爱自己跟自己生闷气。解放初期，我们从供给制刚改成工资制时，每个人都按自己评的级别领到了一笔钱，大家都纷纷上街去商店里置办些东西。我们俩也揣上钱（像穷人乍富）出去了。因为过去手里从来都没有过这么多的钱，也很少进商店，所以也不知要买什么东西。事先我俩并没有什么计划，到了商店转来转去，一时也拿不定主意，最后决定一人买一块"英格"牌的手表（那时也算是奢侈品了）。买完表还剩了不少钱，我们就回家了。一路回来，他就有些不高兴，也没怎么说话。到了家，一个人就唉声叹气，嘟嘟囔囔地说："有了钱，都不会花！"一会儿就用拳头捶桌子，一会儿又捶自己的胸口。我一时也不知怎么劝他，又过了一会儿，他自己才慢慢缓解了。

还有一次，大约是结婚快一周年时，我俩商量好下个星期天正好两人都没事（那时是一周工作六天，周日有时也排戏或开会），要一起去北海公园走走。没想到的是，在周日的前一天晚上，突然听到院里传达室老张在叫："于是之，院部通知明天上午九点在院部开会。""什么会？""不知道！"他一听就又来气了，好不容易有点时间，又开会。他一个人生起闷气来，也不说话了，也坐不住了，屋里屋外来来回回地走，一会儿唉声叹气，一会儿捶胸顿足。一气之下，干脆躺下"睡"了。我当然也觉得很扫兴，可反应没有他那么强烈。他说睡其实根本睡不着，夜里一个人跑到院子里坐在走廊上，用头顶着木柱子使劲地蹭。记得还是我把他劝回屋睡觉的。闹了一通，气也消了，到了第二天早上，还是乖乖地开会去了，不过脑门儿上却多了一块红色的印迹。现在想，他这种"生闷气"的由来大约跟他从小的家庭环境有关。他出生后约百日，父亲（在张学良的部队上当个小官）就在一次战役中阵亡了。他对父亲一点印象也没有，从小就是孤儿寡母过着清苦的日子。他上学也要靠本家接济，母子俩在人前受的窝囊气只能都憋在心里生闷气，没地方去发泄。

他"生闷气"这个毛病发展到后来，生活条件好了，有时就摔茶杯了。这毛病剧院的同志都知道，严重时还摔过暖水壶，这就是他发的最大的脾气了，他是不会跟人大吵大闹的。他这个毛病可能也和他后来得的病有关，这是我逐渐才对他理解的。

1954 年，我们有了儿子。那时我们已经搬到人艺的另一个宿舍去了——在东单北大街路西的一个院落（剧院的人俗称那里为"小旅馆"）。那里住的都是剧院中家里有孩子或老人的家庭，大约有十几户人家。靠南头的房子上边还搭起了二层小楼，上边只有两间房。我们被安排在靠里边的那间，屋子的面积比原来住的那间大多了。我们没添什么新家具，只为孩子买了个四周有栏杆的小木床。屋里地面虽说是地板，可那地板走上去，若是有分量的人或是走得急些，就会感到颤颤悠悠的，好像一跺脚就能杵到楼下去似的。我们在屋里只能轻轻地走。

　　有了孩子对我们这个"家"来说是件大喜事，但没想到却出现了麻烦事。大约就在我产后三天，医院背着我把家属请来了。是之很紧张，不知有什么事，请黎频大姐陪他一起到的医院。大夫告诉他们：这个孩子先天脑积水，可能活不长，即便长大了也是白痴，所以劝他们就把孩子留在医院，不用带回家了。是之一听就蒙了，他们只得跟医生说，等我们商量商量再说。这两个人正在医院楼道里商量怎么跟我说时，我无意中从病房里看见了他们，我就叫住他们说："现在不是探视时间，你们怎么来了？"他们只好进到病房里，也没瞒我便把刚才大夫说的话一五一十地告诉了我。这当然是意外打击，可我想，我还没看清儿子是什么模样就叫我"扔"掉，这说什么也不行。我们决定一定要把孩子带回家去。我说，等我的伤口一拆线马上带着孩子出院。他俩说"好"，我们就毫不犹豫地做出了这个果断的决定。

出院的当天下午，是之就请来了当时儿童医院的诸福棠院长。大夫检查了孩子的情况，主要发现孩子头顶囟门没长好，前囟和后囟是通的，用手放在头顶上感觉是软软的，在跳动。大夫只嘱咐说，孩子头骨还没长好，千万不要叫孩子大声哭闹。又说，不可能这么早就诊断是脑积水。就这一句话，让我们悬着的心放了下来。接着我们便精心护理。我的奶水很好，按时喂奶，每天洗个温水澡。孩子夜里睡得很踏实，很少哭闹。在快要满月时，还是黎频大姐和是之带着孩子去了当时的中苏友好医院（今友谊医院），请苏联专家会诊，大夫也没确诊是什么问题，只给了维生素 D 滴剂，一次只吃一小滴（当时这药只有这个医院才有），要求每月去检查一次。记得还要给孩子注射父母的血，他们并不问我们的血型，只是皮下注射，每次量极少，共注射了七次。是之那时很忙，他只去了两次，其余都用的是我的血。每次都由一位苏联护士来注射。她的动作非常熟练，从我这里抽了血，马上就注射到孩子的小屁股上（因怕血凝固），孩子甚至都没感觉。很有趣的是，当护士把针拔出来之后，孩子才哭，他是以为要打针了，其实人家已经都注射完了。经过一年多的观察治疗，大夫才确诊孩子为"严重软骨"，提出治疗的方案及护理应注意的事项，让我们心里都有了底。所以我们特别感谢这里的大夫那种认真负责的精神，他们与原来叫我们扔掉孩子的庸医形成了鲜明的对照。

我的产假期满就要上班了，托朋友介绍请了一个保姆。这也是我们以前没有经历过的。我们想应该尊重人家的劳动，彼此搞好关系。开始我们请的是一位十七八岁的小阿姨，她的妈妈也曾在剧院里给人看孩子，大伙反映还不错。这个女孩子叫世荣，长这么大还没上过学，不识字，但干活很仔细认真。我们想应当帮助她学习文化，那时国家也正宣传并开展扫盲运动。当时我们了解到我家附近有个夜校，每周晚上有两三次文化课。于是我们就建议世荣去上学，她和她妈妈一说，妈妈也特别同意，于是她妈妈就主动提出，世荣上课时她来上班。这样就成了她们母女二人来看这个孩子。我们称她妈妈为"于大娘"。

　　给孩子起个什么名字呢？那时就怕孩子将来是个傻子，所以想的都是什么"聪明""伶俐""聪颖"之类的字。最后，乳名决定叫"小伶"。入学后，是之给孩子起的名字叫"于永"。

　　世荣母女知道孩子从小体质较弱，所以照顾得特别精心，总是换着样儿地做饭做菜，还经常包各种馅儿的小饺子，孩子可爱吃了。那时我和是之还是吃食堂，儿子基本就交给这母女俩了。她们对小伶真是有感情，儿子入托时，她们哭得比我都厉害。到现在我都感谢她们娘儿俩！我们的儿子，虽然开始时叫人有些担心，但我们却得到了很多好心人的帮助照顾。儿子后来成长得很好，给我们这个家增添了欢乐，带来了生气，使我们这个家成了真正意义上的"家"。

1954 年，我们有了孩子——于小伶（于永）

一家三口

于小伶和于大娘

于小伶和世荣

是之一般不大会表达自己的感情，但从我们的通信中能看出他对儿子深深的爱。1955 年我去天津演出，他 6 月 13 日来信说：

> ……儿子表现极好，对我极亲。只脸上被咬了一个包，已敷药。我有些咳嗽，我咳一声，他学一声。两天来儿子净学人，我叫"世荣"，他也叫。于大娘母女自加薪送礼后，表现积极，常常俩人俱来，今天于大娘还花一毛钱为儿子买一玩具，艾蒲编的公鸡，挂之墙上，儿子吹之，大悦。

6 月 17 日他又来信，说：

> 小伶今天去红十字，九公斤半（去皮），一切均佳，阎大夫几乎没发表意见，只教多吃水果蔬菜，并嘱咐鱼肝油因天热易坏可不吃了。最后叫下月再去。就诊时儿子对听诊器兴趣甚浓，阎大夫听他肋下时，他以为人家胳肢他，便笑出声来。……儿子已学走步，可走一公尺，但状极紧张，如履薄冰。

6 月 27 日的来信提到：

> 走路已有大进步，边走边歇几可横贯全屋，不扶

东西。距离大约与我游泳能力相等。给买傀儡两个，小桶小铲一份，按肚子可响的小娃娃一个，但最爱玩的却是那把破铁壶，常持壶屋中漫步。

10月25日他出差去河北一带搞调查，接到我信后回信提到：

> 儿子情况，写得有趣，读时泛出他的小样子，兀自笑出声来。只"身体不错"一语，引我担心，你为什么不写"身体很好"呢？莫非又病了？小汽车已经买了，买时细一看才觉有趣，原来下面还有小轱辘四个，铁的。这样我就买了两个。……

他在外地一个人时就想儿子了。他在来信中说：

> 寂寞时我也曾打开提包把小伶的小汽车拿出来看看，但又马上放进去了。
>
> 孩子小车，每到一地必检查一次，在唐山地板最平，我还在地下玩了一会儿，两个小车一起走，跟大街上一样。现在为了不致挤坏，我总把它们放在我的毛袜子筒里。

原来我觉得是之对孩子的感情一般，并不是很关心，后来，尤其是看了他这些信以后，我觉得他对孩子的感情是很深的。

那时我俩都很忙，顾不上孩子。小伶在 1955 年底便被送进托儿所了，接着再大些就进了歌剧院的幼儿园。他小学上的是香山慈幼院小学，还是住校，就一直没在家住过。"文革"开始时于永已上五年级了。那里的学生多为干部子弟，当时有的孩子也要跟着"闹革命"，已经跑出去一次了，老师也管不了。而我和是之的情况更是自顾不暇，把孩子一个人放在学校很不放心，于是我们决定让于永转学到我母亲家附近的小学去了。从那时起，他就住在外婆家了，直到初中毕业。我们这一家三口住在三个地方：是之因为要"交代问题"，被集中住在史家胡同；我有时住在首都剧场，有时住在电台。偶尔一个周末，我们仨能在首都剧场聚会一次也不太容易，平时的沟通多靠在日历上留言。于永由于父亲的"问题"（黑帮子弟），初中毕业后一直推迟到 1970 年年底才被分配到北京齿轮厂当学徒工。从那时起，于永就住在工厂了，只周末可以回来住。如果我们仨能碰到一起，有时也想"犒劳"一下自己，吃什么呢？就是买上一斤排骨，清煮以后蘸酱油吃，吃得那香啊……三人在一起主要是听于永谈工厂的事情，是之很关心儿子的成长，也爱听工厂的生活，就这样边吃边聊，让我们感到"家"的温暖。

随着粉碎"四人帮"之后国家的变化，我们的"小家"也不同了。

1984年，我们家有了第三代——于永和叶京的儿子苗苗出生了。是之特别高兴，忙着查字典要给孙子起个学名。他想，那年是鼠年，又是天亮前出生的，说，就叫"昊明"吧。"昊"——广大的天的意思，又与鼠——耗子的"耗"谐音，既表明了出生的时间，又记下了孩子的属性。为此，他自己非常得意。

1985年，文化局分给人艺剧院几套房子，应该分到房的人嫌离剧院太远，都不要这房子，我们捡了个漏。这房子的地点在海淀区紫竹院那边，分给我们的是四室一厅。这一回，是之终于有了自己的书房了。他说："从窗口望去可以看到西山的景色。"这正是他梦寐以求的。可惜的是，他那时太忙，工作太多，每天早出晚归，在这个"新家"没待多少时间。

1992年，由于年龄和身体的原因，经过再三申请，领导终于批准是之离休了。除了有时还要到剧院开会或参加一些社会活动外，他总算可以享受一下退休的生活了。我们常常迎着朝阳走到离家不远的紫竹院公园散步、锻炼；我练太极拳，他也学了一些。孙子上小学了，放学时，是之有时会去接，祖孙边走边聊，享受天伦之乐。

是之在他的书房里写了不少篇散文，如《祭母亲》《我和祖国剧团》《演长征》等等。他在这里还写了一篇最长的文章，那就是在他参与主编的《论北京人艺演剧学派》一书中第四章的那篇——《论民族化（提纲）诠释》。那时他的病情正不断地发展，文章写得非常吃力，且没有了往常写作的自信。他每写出一部分，总要请他们一起写这本书的朋友来看看，把把关。他们肯定了，他才放心。这本书是在1995年年底出版的，书出版后，他的这些朋友并没有马上分开，而是决定要给是之出本书，除了把他已经发表过的文章集结起来，他们每个人还要写些文章"说说是之"。这就是那本《演员于是之》。此书于1997年出版。是之非常高兴，也很感激这些朋友。

在1995年9月，他还为剧院的院刊创刊号写了篇发刊词，题目是《寄同志》。这也是他写的最后一篇文章。那时他知道自己的身体情况，不可能再为剧院做什么事了。他认为要"保持人艺的兴旺发达，就要有一大批优秀人才。这些人应该是高尚的人，有道德的人，摒弃低级趣味，志于献身舞台艺术；同时，还要有文化，有知识，有才能。这就要求我们勤奋学习，全面地提高自身素质，跟上时代的要求"。这就是他留下的最后的心愿吧。

1999年，我因护理是之腰部受了伤，无奈我俩一起住进了医院。经过半年多的治疗，当我们出院时，家里多了两个成员，即经市委批准，为是之请的两位护工——小胡和小焦。她们在我家住了十多年，直到把他送走，真像我们的亲人一样。

紫竹院的房子两面都临街，刚搬来时这里还人烟稀少，没过几年便逐渐繁荣起来，到处盖楼，每天运货的大卡车往

和于是之一起写书的朋友，自左向右：顾骧、王宏韬、
杨景辉、田本相、于是之、何西来、童道明

来不断，不仅声音嘈杂，空气污染也特别厉害。叶京为了改善居住环境，跑了好多地方去看房，最后发现朝阳区百子湾那处房子比较理想，于是我们再一次下决心搬家了。

当我们准备搬家收拾东西时，我在是之用废了的一些宣纸中发现了他写的一幅字。纸不大，只有三个字——"学无涯"，很完整，尤其是落款的几个字触动了我。落款是："八三仲秋以残墨抒真情"。这让我想起了他的一段话。他早年失学，对有真才实学的同行们总是由衷地尊敬，并以博学为荣。"学无涯"，确确实实是他抒发的真情。我很爱这幅字，就请人把它裱好并配上镜框，搬家时就把它挂在了我们新家的书房里。我想，我们也没什么值钱的东西，权把这幅字当成我家的"传家宝"吧。

我们是从2006年6月开始陆续搬到新家来的。那时，是之又一次住进医院。2007年，他在这个新家里过了八十岁的生日，市里为他出了一本相册，剧院着手准备给他拍摄一套录像集作为纪念。遗憾的是，他没能在新家楼前的小花园里坐一坐，享受一下宁静的生活。从2008年起他就又住进了医院，再也没能回来，直到2013年1月彻底离开了他心爱的家。他人虽已走向远方，但他那真诚的为人、老老实实的工作态度和忘我地读书学习的精神，却留在了我们的家里，我们会牢牢地记住这些并传承下去。他写的那幅字——"留得清白在人间"，也正可以说是文如其人。

现在于昊明和崔硕在2016年10月间有了一个可爱的女

孩儿，我们家有了第四代了，全家人非常高兴。"就叫'可心'吧！"她奶奶（叶京）说。学名叫什么呢？可心的爸爸妈妈和全家人商量了之后决定取名为"于晶月"。"晶"原为是之（可心的太爷爷）最初的学名，这里沿用下来，就作为我们家的传承吧。

2001 年春节全家福照

于永和叶京抱着于苗（于昊明）

于昊明、崔硕与可心（于晶月）

2018 年春节全家福照

于是之 1983 年写下的字

文如其人

1951年在舞台上第一次出现毛主席形象

于是之演毛主席是六十多年前的事情了。那时候北京刚解放不久，人们经常有机会在各种场合中亲眼见到毛主席。可是在1951年，听说有一出戏里要出现毛主席，人们倒觉得这是件新鲜事，引起了不少人的关注。有人想，让谁来演呢？怎么演？能像吗？……

出现毛主席形象的这出戏，就是我们北京人艺的院长李伯钊和于村、海啸同志共同创作的三幕九场歌剧《长征》。伯钊同志是位经过长征的老干部，多年来她一直想写一部戏来歌颂中国工农红军在毛主席的英明领导下进行的这场艰苦卓绝的斗争。这个愿望终于在中国共产党建党三十周年的1951年实现了。在这部戏里，她还有一个大胆的想法，即要在戏剧舞台上第一次出现我们伟大领袖毛主席的形象。

歌剧《长征》的曲作者是贺绿汀、梁寒光同志，导演是焦菊隐、刘郁民和李伯钊同志。就在这个戏准备开排之前，伯钊同志正在考虑由谁来担任"毛主席"这个角色的时候，有同志给她提供了一个线索。那是 1951 年 1 月，剧院正准备上演老舍先生的话剧《龙须沟》，是之在这个戏里扮演程疯子（曾是一位唱单弦的曲艺演员）。为了更适合这个人物形象的要求，是之给自己设计了一个发型，即把自己额头上的头发剃掉了一些，留个背头，这样就显得脑门儿宽了一些，脸也长一些，像是当年梨园行的"老供奉"那样。事有凑巧，就在试装拍照时有一张相片没洗印好，模模糊糊的，不少同志猛一看都说像毛主席，于是就有人把它拿给伯钊同志看，她一看也觉得像。就这样，演毛主席的这副重担就落在是之身上了。

其实，在《长征》这出戏里，毛主席只在第六场抢渡大渡河中出现几分钟，而且台词也只有一句，但观众并不管你是戏多还是戏少，关键是要在舞台上能看到"毛主席"就很满足了。为了让是之塑造好这非同一般的角色，上至剧院的领导，下至所有的演员，大家都非常关心，并想方设法帮助他做好准备工作。伯钊同志先是给他送来东北版的《毛泽东选集》上下两卷，让他认真读毛主席的书（那时还没有正式出版《毛泽东选集》，一般不太容易找得到）；接着又给他找来若干张毛主席的生活照，让他仔细研究，这些照片也是平时不常见的；她还拿来了毛主席给她丈夫杨尚昆同志的信的信封，让是之学着写毛体字……

就在《龙须沟》演出告一段落后，4 月 21 日歌剧《长征》建组了。在这次建组会上宣布了该剧的演员表，同时正式宣布由于是之扮演毛主席。大家听后都热烈鼓掌，并让他站起来。是之在演员日记中写道："我有一种像是惭愧的感觉油然而生，在这个任务面前觉得自己距离角色是何其远啊！"也就是从这天起，他开始写演员日记了。他说："扮演毛主席对我是一个学习任务，我将随着对角色的深入，随时检查自己的思想。我已经申请入党了，争取在这次工作中被批准入党。"

在宣布《长征》角色人选的第二天下午，是之就去找导演焦菊隐先生，谈关于角色的问题。他说："我原来是想从了解毛主席的思想及历史入手，然后再了解他的生活习惯等东西。焦先生说对于后者几乎可以放在最轻的地位上，最后最后再做。因为戏里毛主席在台上时间不多，主要的是表现他的气魄，重要的是了解毛主席的思想。应该读他在最复杂斗争环境中的作品，了解他的思想怎样运用。焦先生叫我在平日努力提高思想，关心周围事物，勤做分析，这样会逐渐地体会到毛主席。外在动作是很快就会找着的。"

接着，是之就按焦先生说的，每天除认真读毛主席的有关著作外，还仔细阅读报纸，学着分析国际国内问题，分析自己对新闻的每一个情感反应，让自己成为一个多用思想的人。此外，院里还让是之看了一部毛主席的新闻纪录片，那是毛主席到火车站接宋庆龄到北京参加国庆大典的情景。是之特别注意到当火车还没进站前，毛主席在站台上来回踱步的样子。他回来后在院子里就练起来了。有的同志看他大踏步地走着，眼睛凝神的样子，就知道他是在体验角色呢，并鼓励他说："有点儿味道了。"可也有的同志说："你是不是病刚好，怎么显得没精神啊？"他一想，还是没有抓住毛主席那种精神，还要不断地读书、学习、多练。

另外，领导还让是之听毛主席的讲话录音。那时能找到的就是1949年第一次全国政治协商会议上，毛主席致开幕词的那段讲话。

当时既没有录音磁带，更谈不上光盘，只有由中央人民广播电台录制的唯一的一张唱片。这张宝贵的唱片，也被领导给借了过来，让是之在手摇留声机上听。他一遍一遍反反复复地听。这件事给是之留下的印象是极深刻的，直到他晚年生病期间，很多往事都淡忘了，但偶尔仍能讲出毛主席的这段讲话。

是之在不断地听毛主席讲话录音的同时，还找来一些同志听他用湖南口音读毛主席的著作。他说主席有的文章，比如像《在延安文艺座谈会上的讲话》，几乎全用口语，很适合朗读，他从中能够琢磨出主席生动而伟大的性格来。

5月24日对是之来说是一个极特殊的日子，也是难忘的。这一天，他亲眼见到了毛主席。那天，毛主席在中南海勤政殿会见签订西藏和平解放协议的代表。他们要向毛主席敬献哈达。这一仪式需要有乐队奏乐，而乐队用的正是我们北京人民艺术剧院的军乐队。于是领导就给是之创造了一个机会，让他扮成军乐队队员和另一个人一起提着一面大鼓走进了勤政殿。他们站立的位置离毛主席距离很近，所以整个活动过程是之都看得清清楚楚，亲身感受到了伟大导师的风范，这让他久久不能忘怀。是之在这天的日记里写了很多，有他的感受，也有一些细节，如对主席走路、手势、眼神的记忆。他认为：

都说毛主席气魄大，有分量，但这是概念，我觉得他的气魄大，主要表现在他总让人感觉是在想着一件更久远的大事情。他有一双凝视远方的眼睛。

毛主席的有分量表现在他的注意力高度集中上，若有三个人围在他身边，他不像我们东一眼西一眼地看个不停，他先招呼完一个，再招呼一个，握手的时候眼睛凝视在你身上，听你说话。……他是那么诚恳地听完你所说的话。

他时常手抚下颚。……他时常两手背在后面。

在 5 月 28、29、30 日这三天，排到该是之上场的第六场抢渡大渡河了。他是在这场戏的后半场出场的。这段戏的剧情是这样的：师长、政委陪着毛主席从山洞里出来（从台左侧上场），他先是向准备强渡大渡河的十八勇士挥手致意，然后走上高坡，师长向主席报告河对面敌方的情况及我军的部署和决心。毛主席听后，转过身来注视着这十八名英勇的战士，勇士们向毛主席庄严宣誓，主席用坚定而信任的目光看着宣誓的每一个人。宣誓毕，毛主席说："同志们，祝你们成功!"战士们再次给主席敬礼，然后就毅然出发了。毛主席目送他们远去，大幕徐徐落下。

第一天排这段戏时，是之记道："大家一向着我宣誓，我紧张得要死，手也僵得不知道放在什么地方好了。排完戏一手汗，腿也哆嗦得厉害，心将破咽而出。"他简直就不知道人家向他宣誓时他该怎么办。

第二天，是之就去找剧院的副院长欧阳山尊讨教。山尊同志是从延安来的老同志，他帮助是之分析说，战士那是对党宣誓，对解放事业宣誓。是之觉得自己还是没有进入角色，当时只想"我"怎么办，所以紧张了。下午再排戏时，当战士宣誓时，他想"我们应一同向党宣誓"，于是他认真倾听……这样，感觉好多了。

两天的戏排下来，是之又读《中共中央关于反对敌人五次"围剿"的总结决议》，他发现《决议》里反映的正是"大渡河"这场戏的思想基础，戏里主席在听十八勇士宣誓时，也正应该是《决议》中当时毛主席的思想情况和感情状态。他觉得这段时间只是读毛著或做各种模仿，没有和具体戏结合起来，是个遗憾；但剧本给提供的东西又太少，所以必须要由演员把它填充起来，丰富起来。否则只有外表的"像"，而实际人物还是个"空壳壳"。

排过三天戏以后，直到6月中旬便都是演员自己做准备了。他仍是学习毛主席著作，读反映长征的有关文学作品，听主席的讲话录音，看有关主席的纪录片等。他觉得还是很有收获的。

6月17日第一次彩排。是之记道："第一次彩排，意见雪片飞来，足见群众关系之好。"我看同志们提的那些意见，都说明戏看得很专注仔细，意见也非常具体："手背得太高了，像程疯子""走路时脚离得太远""团长报告时就听团长的，不要看谢富贵，那样人就轻了""上坡前看师长一眼，似是犹疑不定，不好""年纪太大""太文了""没有气魄""真成了儒将了"，甚至还有人说"眼睛没神""像刚睡醒"……

根据大家的意见，从6月23日起，焦先生决定每天晚上抽出二十分钟，单独给他"磨戏"，然后再让他自己去练习。他俩排戏的那间屋子就在我们住的房间对面。我当时觉得，就那么几分钟的戏，怎么排呢？可每次看是之回来都觉得他很有收获，有时还沉浸在"领袖"的氛围中。他大踏步走进屋来，也不说话，坐在桌前或写些东西，或是看书，这时我也不和他说话，不去打扰他。

这种二人的单独排练大约进行了六七次。我后来才知道，焦先生主要是帮他把"气派"培养大，要有一种伟人的气魄，去掉那些不符合人物的"于是之"的想法、动作。譬如，他开始上场时看见十八勇士向他敬礼，他不必有什么"抱歉""叫你们久等了"的想法，主席想的都是战斗打响之前如何考虑得更周密，好下最后的决心，所以他看到勇士们敬礼只是习惯地还礼，然后急于和师长走上高坡，面对江水，和师长继续研究问题。诸如此类，焦先生帮他一个细节一个细节地"抠"，以便使他的表现更接近于人物。

这时，是之在生活中随时都想着他心中的那个人物。他觉得"自己见的大场面、大山大川太少了，演员胸襟的狭窄限制了角色"。他有一篇日记写道：

> "七一"以前，一个欲雨的傍晚，我自己跑上北海白塔站了一小时，上面幸好没人，我把与师长的一段戏在上面自己练习了许多遍。
>
> 乍一上去还有些腿软呢！试着引起毛主席的心情，逐渐不害怕了，腿也不软了。——这很有意思。愈发证实自己是个小人物，在大场面面前，方寸便随之乱了，大渡河的事件若摆在我的面前，一定会急死……
>
> 我飞扬浮躁，毛主席不。……"镇定"也是毛主席的特点，他平静得像一面大湖。

是之这几天仍在酝酿这场戏。他不断地看材料、学习、思考，找老同志请教。人物在他心中的形象逐渐"活跃"起来，信心也增强了。同时他还把人物出场前都做了些什么事情一一写了出来。如他所了解的敌我双方的情况是什么，师长向他都汇报了什么，他和师长带来的老艄公又是怎么谈的，最后怎么下的决心等等。这样一写，他觉得很有收获，让人物上场时思想更为丰满。

7月6日，排练一至六场。伯钊同志把聂荣臻和杨尚昆同志请到了排练场。当看到"毛主席"上场时，觉得他走路还像主席，他们就都乐了。最后，杨尚昆同志说是之的湖南话还不够味儿，话还要说得慢一些。是之在听取各方面意见的同时，经过自己不断地揣摩，觉得又有些新的感悟，焦先生也不时地对他进行个别指导，并要求他应有"自觉的领袖神情"。

随着上演的临近，伯钊同志经常请来一些领导看戏。7月21日那天来的人最多，记得有彭真、聂荣臻、肖华、江青、刘亚楼、胡乔木、李富春等，他们看了是之那段戏后，提了不少意见，总的说是还不够自然，比较紧张。

1951年的8月1日，歌剧《长征》终于正式上演了。这一天，刘少奇同志、周恩来总理，还有朱德总司令等中央领导同志都来看戏了。大家在后台听到这个消息都既兴奋又紧张，而导演焦菊隐先生似乎比演员还紧张。他坐立不安，总是在那里来回踱步，一直等到"毛主席"上场后，听见观众热烈的掌声，再从侧幕看到那些领导同志，他们不是鼓掌而是哈哈大笑时，焦先生悬着的那颗心才算放了下来。这个"毛主席"算是被观众认可了。

现在回想，是之当时只有二十三四岁，一个毛头小伙子，参加革命也不过只有一年多时间，既没参加过重大的政治斗争，也还不是一名共产党员，让他完成这样一个艰巨的任务，也实在是难为他了。但那时的政治环境还是比较宽松的，大家都没有更多的顾虑，敢于放开手脚去做。领导重视、关心是很重要的，像院长李伯钊同志就给他创造了各种机会，帮他提高政治思想；导演也比较有经验，想出各种办法叫演员逐渐接近人物的内心；而周围的同志热心关怀、鼓励，也给了他信心。当然，不可缺少的还是他自己的刻苦努力，这才使得这次的任务能基本完成，达到了一个及格的水平。

对于是之扮演的毛主席，当时观众的普遍反映是"像"，是之对这个评论还是有清醒的认识的。他在日记里这样分析道：

1. 有力地告诉我只要内在精神掌握住了，是有办法说服观众的。内在精神愈充沛，对观众就愈发雄辩！他们会从你的眼睛里、从整个的气氛中感到这是领袖，像不像他已经来不及仔细考虑了。而且每个人心目中有一个不同的毛主席，与其多追求毛主席的生活细节，倒不如多追求群众怎样爱戴自己的领袖。

2. 只是"像"还不是"是"，这是一个有良心的演员所应该感到不满足的。……我们的责任是应该把主席的思想情感介绍给观众，使人得到感染。不应该是只重现（copy）一个形式，叫人曰"像"就完了的。努力吧，这是许多演员一辈子的事情。

1951年，在歌剧《长征》中于是之饰演毛主席。渡江方案确定了

在歌剧《长征》中于是之饰演的毛主席，台词是："同志们，祝你们成功！"

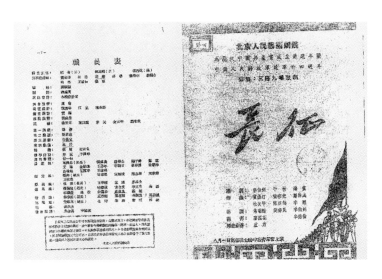

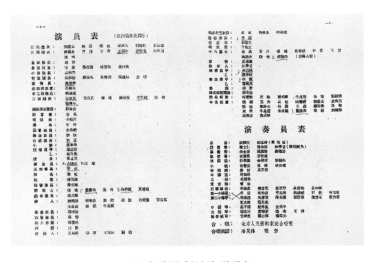

1951年歌剧《长征》说明书

《长征》这出戏，那么多中央领导都看过了，唯独毛主席没去看。是之跟我说，后来有人把他演毛主席的剧照放大了拿去给主席看，并告诉他："就是《龙须沟》里演程疯子的那个演员演的您。"毛主席听后风趣地说："干革命就是疯子嘛！"（话剧《龙须沟》曾在中南海怀仁堂演出过，毛主席去看了。）

《长征》自8月1日上演后，场场爆满，开始是在青年宫剧场，演了一个月，约有三万多观众，但等着登记买票的观众还有四万多人。这样，从9月份以后我们就改在中山公园音乐堂演出了，一直演到10月初，估计观众人数超过了十万。坦诚地说，这个戏从剧本到演出都还不够成熟，但为什么那么火呢？一个是那时的群众政治热情高；另一个，是有不少人就是要去看"毛主席"的。

六十多年前，一个演员为了在舞台上塑造领袖的形象，哪怕是只有几分钟的戏、一句台词，却勤勤恳恳地准备了半年多的时间。现在说起来，可能不太被人理解，这值得吗？是不是太"傻"了？的确，那出戏早已被人们淡忘了，但我觉得，那时有一种精神是非常可贵的，那就是人们对工作极其负责，对事业认真、执着的追求，这种精神是不能被遗忘的，是不能被抛弃的，而应永存。

没想到的是，在过了几十年后还出了这么一件事：在2000年3月15日的《中华读书报》上刊登了一篇文章，标题是《"文革"前于是之演过毛主席吗》，作者是另一刊物的编辑。他看到《北京青年报》上有一文章提到于是之曾在"文革"前演过毛主席，他对此表示怀疑，认为在主席还健在时，舞台上不可能有人扮演毛主席，甚至以为是文章的作者在编造。

时隔近一个月，4月12日，《中华读书报》上又出现了更为醒目的大标题：《"文革"前于是之确实（这二字是黑体字——李注）演过毛主席》，标题下用了大半版的篇幅，除刊发了那位质疑者的一篇《感谢指正》的文章外，还刊登了五篇读者来信，他们都是在1951年亲自看过歌剧《长征》的观众，有的描述了戏中毛主席上场的情景；有的是说自己在日记中记录了观看这次演出的情景；还有人手里还保留着当年的演出说明书，演员表中明明白白地写着"毛主席——于是之"；最后是顾骧同志，他不仅说他看过当年的演出，而且为了进一步证实，还特意给我打来电话询问。我看了这几位老观众的"证词"，心里特别感动。时隔五十年了（1951—2000），他们对当年看的那场演出仍记忆犹新。可爱的观众啊，我向您们致以崇高的敬礼！

在1978年，是之又有一次扮演毛主席的机会，即在电影《大河奔流》中出现的一个镜头。但是和是之最好不要提起这件事，只要一提，他就特别不高兴，甚至是愤愤然。记者徐敏采访他时，他讲述了这件事："那是一次极不负责任的工作。有些报纸上登着，说我是第一个在影视中扮演毛泽东的演员。我反感透了！"他说，"《大河奔流》是李准同志写的剧本，其中写到周总理到抗洪第一线视察、劳动，很感人的。本来里面没有毛主席，可是一位领导说，这电影里有周总理没有毛主席怎么行？得加上！于是从东北找来一位长得很像毛主席的同志，但他不大会演戏，老拍老不对劲。后来头头们开会，说得换人，想起我1951年演过毛主席，就把我叫来了。我以为还像过去那样要做充分准备，可是根本没有。我一去就拿那人的衣裳让我穿上，我说不合适，裤子得改长点，他们都觉得没必要。我想只要走走就行了，可是却被告知还得有词，让我自己编点儿。我跟谢铁骊导演一再声明，太不像样子，你趁早把我的戏剪掉，我可不能这么随随便便地干。

"片子拍好后，叫我去参加首映式。我一瞧，那字幕大红的底色，打头就是'毛泽东'三个白色大字，旁边三个较小的字'于是之'，跟主要角色和演员的都不一样。演完后，我都不敢跟观众见面，觉得这太不负责任了，太不实事求是了。这是我没顶住的一个事，千万别再提它了！"

记者听后，感慨地写道："我看到一位自我要求极其严格的真正的艺术家，敬仰之情油然而生。"

现在看，1951年对于是之来说是过得很有意义的：年初上演了《龙须沟》，以后从春到秋就是学习、排练和演出《长征》，接着领导又决定让他去湖南参加土改。这一年他无论是在政治思想、艺术修养，还是生活锻炼方面都有很大提高，在成长的道路上迈出了坚实的一步。

于是之早年的学习生涯

　　说起是之爱学习、好读书的时候，他总是说他有两种老师：一种老师就是他的母亲、祖母，以及他住的大杂院里的邻居——就像他在《幼学纪事》里提到的老郝叔那样朴实的穷苦人。虽说他们不识字，可他们懂得做人的道理，生活里能教给他许多学校里学不到的东西，也是他们给了是之以学习的动力。但真正引起是之学习文化的兴趣，并叫他喜欢上了读书的，那就是另一种老师了。

　　这另一种老师，主要就是他在学校里遇到的那些良师。是之很幸运，在他上过的孔德小学和师大附中等学校里，都有很多优秀的师资。他们不仅学识渊博，而且认真负责，不论在课堂上还是在课外，都非常热心地把知识传授给学生，是之在这里打下了扎实的基础。再有，就是是之的好奇心很强，他好像看见什么都想问，都想学，这就叫他在生活里，在校外又遇到不少良师益友，从他们那里学到不少东西。

　　记得他曾经说，他在孔德小学上了卫天霖老师的美术课后，就喜欢上了画画儿。一次，他在西单商场里看到一位画广告的先生，他先是在人家橱窗外看，后来慢慢地就跟人家攀谈上了，接着就进到店里给这位先生打下手了。那先生看这个孩子很好学，就介绍些美术书给他看，这样他就在这里又结识了一位老师。他看见这位老师在临摹罗丹的《思想者》，等他上了初中后就从学校里借了本《罗丹艺术论》来读。是之后来说，我那时才只有十二三岁，怎么看得懂，只觉得书很"厚"，其实现在看，也不厚。是之认为，即或那时看不懂多少，哪怕只记住一两段，或是几句话，也还是有好处的，像这类书，以后总会有机会再接触到，这样反复阅读，自然就会加深理解了。我想，是之学到的东西就是这样一点一滴慢慢积累起来的。

还有，他刻图章也是像这样在课外和一位老师学会的。后来，还真派上了用场。

让他更难忘的，是一些初中老师，他们也在课外教给他很多东西。一位英文老师把他们几个同学找去，教他们国际音标（那时学英语还不用国际音标）。这又引起了是之的兴趣，综合起国文老师教给他的一些语音知识，竟叫他爱上了比较深奥的音韵学。他常常提起国文老师王善恺先生。这位先生把是之带到他家，给是之一字·句地讲《说文解字序》。巧的是，王先生也是我的初中国文老师，我们聊起了王先生很有特点的音容笑貌——像一位"老夫子"。于是，是之就学着王先生给他讲课的样子："'古者，庖牺氏之王天下也'，

'王'这里读去声，动词……"我们感慨，那时的老师对自己的学生真是既热心又负责，没有私心，也从不考虑要什么报酬，真是让人由衷地尊敬。

在他失学之后，又有好心的朋友把他带到当时北京的最高学府——辅仁大学，未花分文去"旁听"有关文学的课程。是之自己则谓之为"偷学"（见他的《幼学纪事》）。

是之就是在这些良师益友的培养和帮助下，尝到了读书的乐趣，尽管家中一贫如洗，困难重重，但他的精神生活是富有的。"以博学为荣"的思想扎根内心，也成了他一生的追求。

最近几年，我在是之曾读过的一些书里发现，他不仅喜欢在书的空白处写些心得和感想，还常常在书的扉页上记些文字，今天读起来又叫我想起很多往事。下面只举几个例子：

（一）《法语文法新解》，书已残破，无封面，扉页上写道：

于森的书。买在民国三十三年（即 1944 年——李注）之十月二十三日，购书未即给款，言明星期四付清，迄今慢说无还书的钱，就是下月家用费还无着落呢！惭不？可纪念不？

——二十五元六角，吾时月薪之九分之一强。

在扉页的右上端还有一自画像，愁眉苦脸的。书中夹了一张当时"中国联合准备银行"的一分钱钱票，估计是当书签用的。钱票的正面用红笔写了"苦干"两个字；背面写的是"读书勿忘买书苦！！！"。

1944年，正是他初中辍学后，在北平华北统税总局里任文书的时候。白天上班，下班后每周有几天还可以在统税局附近上个夜校，即中法汉学研究所办的一个"法文研究班"，在那里学法文。为此，再苦，还是"置办"了这本书。

（二）《阔人的孝道》（蒲伯英遗著）

这是一本重印的书。1991年，是之到四川绵阳搜集创作素材，成都的话剧同行送给他这本书，是之看到后，立即引起了他的回忆。他在扉页上写道：

> 年幼时曾在西单甘石桥书摊上买到《阔人的孝道》，薄薄的一个本子，已经残旧了。那可能是我最早读过的剧本，没想到成都同行如今重印送我，十分感谢，也是一段因缘。
>
> 于是之1991年1月31日于绵阳

据书中介绍，该剧作者蒲伯英，更多的人只知道他是四川辛亥秋保路运动的组织者和领导者，是位革命家，很少有人了解他不仅是位剧作家，还是一位卓有成就的戏剧教育家、活动家和理论家。他的这个剧本创作于1924年，那时中国的话剧事业还处于摸索、学习的幼年时期，在政治上也是推翻帝制才十来年，而作者能写出一个抨击黑暗、腐朽，呼唤光明的主题，很令人敬佩。而让我想不到的是，是之怎么能在那么年轻时就读到这个剧本。那时，他可能还没参加业余演戏，可见他读书的兴趣是很广泛的。

（三）《文艺　戏剧　生活》（丹钦科著　焦菊隐译）

这本书是 1946 年卫禹平送给他的，在扉页上卫禹平写了这样一句话：

送给即将有光辉成就的演员于是之

是之自己在下边写了这么一段话：

禹平兄送我此书，是在夏杪在天津，时正同台演《浮生六记》，他演沈三白，我演腐秀才李某。同年冬初自己以家庭担负问题离开剧社，学做生意。忆在此时禹平对我勉导极勤，受益良深，很难忘怀。看看这行字，想想现在情形，再忆同台时乐趣，惆怅盍晞，乃援笔志诸书篇，权作他日回忆之资料云尔！

是之记于 1946 之末日

1946 年，是之在天津演戏的剧社解散，那里的演员，如卫禹平、孙道临、黄宗英等不少人又回到上海去演戏或拍电影，是之只好回到北京另找工作。他这里所说的"学做生意"，可能就是在一个木材厂学管账，时间不长就离开了。最后是之没有办法，便报考了当时傅作义军队的一个演剧队，去了张家口，后又被转到演剧二十三队。

（四）《爱与死之角逐》（罗曼·罗兰著）

他只在扉页上写了买书的时间：

于是之　张家口　三月末　三十六年（1947年——李注）

书中夹了一张纸，写的是"读《爱与死之角逐》"，看来他对这本书读得很认真，不仅写了读后感，似乎还对书中有的译文觉得有值得商榷的地方。他在张家口这段时间，人生地不熟，也便有了更多读书的时间。

是之曾跟我说过，当时北京的朋友石岚、郑天健他们都是地下党，知道是之在张家口，就借口到那边买蘑菇，去看望他。他们给是之讲了当时的革命形势，并且说"演戏也是革命"。是之说，这次的彻夜谈话给了他很大启发。不久，他就又回到北京来了。

（五）《唐宋词人年谱》（夏承焘著）

他在扉页上写道：

一九五九年春三月买此书，时正在北影拍《青春之歌》，之所以买这本书，一来是想藉以知道我那个角色所孜孜以求的毕业论文该是一个什么面貌（因我设计他正考据某人的年谱），二来主要是由于对这些词人的确有兴趣，故耳。

于是之记

是之每接一个新戏，除了仔细研读剧本原作外，总要找一些与戏有关的书做参考，以便使其对剧本及所要创作的人物有更深层的理解。这次去北影拍戏时就带了《战争与和平》和《悲惨世界》等书。他说这些书都是杨沫在小说中提到余永泽读过的，现在又买了这本书。

另外，我发现是之对旧书摊有着特殊的感情。当年在极其穷困的日子里，"终晚蹓旧书摊"这件事，对他来说确实是难忘的。那里是他的"图书馆"，是他的"藏书库"，不花一文钱，"终晚"就可浏览古今中外各种书籍，这让一个孤独的少年获得了知识的滋养，丰富了精神生活，享受到读书的乐趣。旧书摊真是"不可不蹓也"。

于是之学习法文时在书摊上买的书

《法语文法新解》，书已残破，无封面，扉页上写道：

于森的书。买在民国三十三年之十月二十三日，购书未即给款，言明星期四付清，迄今慢说无还书的钱，就是下月家用费还无着落呢！惭不？可纪念不？

——二十五元六角，吾时月薪之九分之一强

于是之夹在书中的纸币，上面写着：苦干；读书勿忘买书苦!!!

关于《幼学纪事》

1983 年年初，《中国青年》杂志的记者来采访是之，并向他约稿，希望他能向青年朋友介绍一下他自学成才的事迹。那时，是之很忙，除了负责剧院剧本组的工作外，手头上还有一篇关于"心象"的文章要写。另外，当年的 3 月初就要去上海参加电影《秋瑾》的拍摄，行前有许多工作要处理。所以，他便和记者约好，先由他讲述，然后记者整理出初稿，经他修改后再定稿。记得是在 1983 年 2 月，记者拿来了整理后的初稿，他反复修改，删掉不少，又增加了些内容。他在 3 月 5 日赴沪前，交出改稿，并嘱记者，小样打出后，一定要再叫他看过，方可付印。可以看出，他对这篇文章是非常重视的。

小样送来后，我马上给他寄到上海，他是 4 月 25 日收到的。当天看后，只改了几个字，立刻就用航空信（那时既无快递，也无电脑）寄回编辑部。《中国青年》在 1983 年第 5 期上发表了他这篇《幼学纪事》。拿到这期杂志，我又很快把它寄给在上海拍戏的是之。他看后来信对我说：

> 《中国青年》上的文章，我觉得还可以，但当今
> 的青年是否喜欢读，我还怀疑，且看看吧。

文章发表后不久，是之意外地收到了一个反馈，即他文章中提到的当年教他音韵学的那位孙谓宜老师，在看了《中国青年》后，给他写来了信（也是我给转到上海的）。信写得非常客气：

> 是之同志，睽违虽久，但时于红氍毹上领略精湛
> 之表演艺术，又得一瞻风采，每慰于心。观众于君，
> 有口皆碑，盛誉远播海外……偶阅《中国青年》，大
> 作《幼学纪事》赫然在目。文中忆及老朽，尤感愧无
> 似。……念旧之情，则深铭肺腑。……

在信中老师也介绍了自己的现状。老人家已是七十七岁高龄，但仍在工作，除主编《汉语知识词典》外，还做研究生导师，仍教授古汉语、音韵学等。孙老表示"愿尽余生为人民贡献绵薄已耳"。

更令人感动的是，老师在信的最后又另附了一笔：谈及是之在文章中提到的"古人 zh，ch 念 d，t"一段，老师说，这是根据清儒钱大昕"古无舌上"之说提出的。接着又讲了

些读音方面的渊源发展，说其后的学者章太炎则"对古音学另有所见"，"但'古无舌上'之说，学者都承认的"。老师所以要向是之说明这一点，"是为了万一有人指摘，可以上述情况告之"。时至今日，老师还如此关怀他当年的那个"小学生"，真是令是之感动至极。他当即给老师写了回信，幼年往事一幕幕涌上心头，让他久久不能平静。

让是之没有想到的是，《幼学纪事》发表后，受到各方面的关注。先是在1984年被转载在《童年文库》"艺术家的童年"第2卷上；接着陆续被收录在各种语文教材上：1986年被选入职业高中语文第一册（试用本）；1988年被选入普通高中的语文课本，在文章之前还有一段"自学提示"，除概括介绍了文章内容外，还特别指出："文章从出生写到十五六岁，十几年间，有许多往事可记，由于剪裁得宜，全文条理清楚，重点突出。"又说："匈牙利著名小说家莫里兹说：'穷人在想哭的时候也是常常笑的。'细读课文，在亲切、生动、豁达、幽默的字里行间能听到阵阵想哭的笑声，也能闻到一股心酸味。""提示"还让学生们思考："这笑声，这心酸味的根源在哪儿，课文中点到了吗？"

1998年，宋庆龄基金会主办的《中华少年》第7、8期合刊上也转载了是之这篇文章，在文章之前有一段"主持人的话"，他强调了"读书"："他用各种方式，在各种环境下，去争取读书的机会，去寻求读书的环境。就这样，在生活的贫困中，他的心灵却十分富有。年复一年，日复一日的读书，构筑了他生命的质量。……"编者还做了几幅很有意味的插图，足见对这篇文章的重视。2000年，《幼学纪事》被选入天津市《中等职业学校语文》第二册；2004年被选入对外汉语本科系列教材《现代汉语高级教程》三年级教材；2006年又被选入中学生阅读书系《新课程初中语文读本》七年级下册……

《幼学纪事》被选入语文教材，也使我们有机会结识了几位中学语文老师，其中一位是石景山第九中学的丁传陶老师。他在1990年春季开学时发现语文课本里增加了一篇文章，是于是之的《幼学纪事》。他认为"文章写得非常精彩。那真切动人的内容，那风趣幽默的叙事，那朴实生动的用语，不能不使我把它作为教学的重点"。教完之后，丁老师让每个学生写了一篇读后感，并从中选出三篇最好的寄给了于是之。

是之看了来信和同学们的作文后很是感动，当即给这位老师写了回信。后来知道丁老师也认识舒乙先生，我们的联系便渐渐多了起来。1992年是之因病告别舞台，退下来以后，丁老师知道是之身体不好，就常约我们去他那里散散心，像石景山区每年举办的八大处桃花节，必定是要请我们去那里欣赏桃花的。他还亲自陪我们去游览了法海寺，给我们详细介绍那里殿内珍贵的壁画，以及在"文革"中它们是如何被有心人保存下来的。是之对这些事都非常感兴趣。我们还登上了石景山，了解了那里的一些变化、典故等。总之，是之每次游玩回来，总是很开心，这对他的身体大有益处。

再有是结交了两位河南开封五中的语文老师——孟报春、梁竞旭。他们也是让学生读了《幼学纪事》后发表自己的看法。起先，同学们开始阅读课文时，对文中所提内容并不大能理解，只是对一些幽默的语言觉得有趣，尤其像文中说，晚饭要在厕所的炉子上烤窝头的一些描述，只觉得好笑。经过老师的引导和同学们的热烈讨论，学生有了些初步的认识。这时老师们突发奇想，把原先定下的"写一篇读后感"，改成了"给于是之爷爷的一封信"，并许诺，将挑选写得好的寄给于先生。果真，我们收到了十七封学生的来信。那时，是之阅读已很吃力，但还很明白。看到这么多热情的来信，他非常高兴，一封一封看得十分认真。他决定要给孩子们回信，不能让他们失望。于是，我们两人分工，我给两位老师写回信，是之则给那十七个学生写了一封回信，那时他的字已写得不好认了，由我又抄了一遍。最后在落款时，我问他怎么写，他说就写"你们的大朋友　于是之"。

两位老师就此事在 1999 年第 1 期《语文学习》杂志上发表了一篇文章，其中这样写道：

不知于先生能否想象得出学生们此时的兴奋与激动。此前他们对于是之先生是一种敬仰，而现在对他又多了一份敬爱。当有的学生看到于老在信尾称自己是他们的"大朋友"时，感动得掉下了眼泪。他们说：于爷爷的一封信，胜过无数空洞的说教，他们为

于是之、李曼宜和石景山第九中学的丁传陶老师

河南开封五中的语文老师孟报春和梁竞旭来家看望于是之

自己能有这样一位朋友而感到由衷的骄傲和自豪，同时也由此产生出发奋学习的动力。……

后来，这两位老师专程来北京，到我家做客，还带了一件礼物，它就是一瓶由其中一位老师的母亲亲手做的家乡咸菜。当我们接过这凝聚着真诚而朴素的感情的礼物时，感到特别亲切。是之激动地说："这真是最珍贵的礼物啊！"

关于《祭母亲》

是之的好友李龙云曾在一篇文章中说:"于是之一生最动情的散文创作是《祭母亲》。"不错,的确是这样的。就我所知,是之写这篇散文酝酿时间之长、完成之困难也是很少见的。

是之的母亲是在 1948 年 12 月 26 日,即北平解放前夕去世的。是之百日丧父,现在一直相依为命的母亲又离他而去,这对他的打击实在是太大了。所以说,对母亲的怀念就成了他心中最碰不得的痛点。只要想到或提起母亲,他的感情就再也控制不住了。

1949 年北平解放了。是之参加了华北人民文工团,成了革命队伍中的一员。就在这年的冬天,12 月 5 日,在他母亲逝世一周年的日子,是之饱含深情地在日记中回忆起他那苦命的母亲:

> 天气可真冷了,昨天先下雨后转成雪,雪和雨在地下都结成冰了,地下滑得很。

昨天晚上睡不着觉，特别想母亲。去年再过二十天，母亲就死了。现在正是娘在炕上受罪的时候，也正应该是我尽最后一点敬意，但却没去尽的时候。——真不该啊，那么一个好母亲，老实的母亲，就那么窝囊地死去了！她的一生是何其黯淡！我一想到母亲，就打算做些什么报答母亲，赎洗自己的惭愧。我要写些什么纪念她的逝世一周年，但又觉得可以不必。

他虽说是"可以不必"，可多少年来，他始终没有断过要写些东西以纪念母亲的念头。就在这天的日记里，他还写了很多，现在看来，这也可以算是《祭母亲》一文的雏形了。

他写道：

娘，您躺在哲寺的冻土下，不晓得冷到什么程度。您活着的时候就那么怕冷，坐在小屋的炕沿上，脸几乎贴上炉眼儿。贪暖常使您受些煤毒，那对您身体又是何其不利呀！您儿子已经是新民主主义青年团的团员了，您不高兴吗？以一个团员的立场，孝顺一个被侮辱与损害的母亲，那我们母子情感一定更融洽。您死后的这一年里，我有多少事情要向您汇报！……可惜您再看不见我了……

记得很清楚，就在十二月二十六号，早晨三时，您吐出了最后的一口气，死后五婶还在您身上搁上三个煤球。思温、濮伯母、赵妈和我，四个活人守着您，知道您是死了，但还不愿意。想起您的一辈子，使我们的心更沉重，赵妈哭了，拿咱屋里的门帘子擦眼泪。我哭了，哭得最痛。娘啊！娘——啊！

我现在脚踩在地下都有些冷，您却躺在地底下……

当他写这篇日记时，又是伴着止不住的泪水。……若干年后，李龙云曾这样回忆道：

1984 年秋，一天下午我推开他家的房门，发现他满脸泪痕。

我问："怎么了这是？"

他没说话。只见写字台上放着一摞稿纸，稿纸上端是一篇文章的题目：《祭母亲》。平静了一下，他说："写了三回了，哪回都没写下去……"

是之还和龙云说起过他母亲去世后，本家在他母亲身上压了三个煤球的事。据说那是为了辟邪，防备死人"诈尸"。这三个煤球分别放在他母亲的下巴、胸口和肚子上……说到这里，他就再也说不下去了。

就这样，《祭母亲》这篇文章始终也没有完成。直到 1987

年年初，北京市文化部门要创办一个关于戏剧评论的双月刊，主编向是之约稿，希望他写些回忆文章，可以连载，每期一篇。是之考虑后，同意了。创刊号是 2 月出版的，发表了他那篇《解放》的文章，栏目标题为"回忆录之一"。接着是之就决定要把《祭母亲》写出来。我记得是在 1987 年 3 月 3 日这一天，晚饭后，他开始写，一口气整整写了一个通宵，完成了。夜里，我起来几次，看他都还在写，没敢打扰。天亮时，他才回到卧室，说："总算了了这桩心愿了。"于是，倒头便睡了。我去书房，看到烟灰缸内满满的一缸烟蒂，稿纸上还有泪痕。他这一夜是怎么过的呀！

3 月 8 日他又把这篇文章整理、重新抄写了一遍，然后就交稿了。他对这篇东西还是满意的。

4 月份，这个刊物的第 2 期出版了。他的"回忆录之二"——《祭母亲》发表了。然而，让是之没有想到的是，这篇不足五千字的文章，竟被删去了一千五百字！而被删的内容又都是他在回忆母亲去世时最感痛心的事，例如人们怕"诈尸"，给母亲身上"压了三个煤球"；以及当时老百姓办丧事时的那些习俗、"讲究"。以前，有钱人在这个时候总要大讲排场，以示他们对逝者的"尊重"，而穷苦人家，虽无力操办，却也不敢破了规矩，否则会被人"挑礼儿"，遭议论。他在这里有很多细节的描述，颇有生活气息，可惜全被编辑大笔一挥删掉了，而且事前也没和作者商量。

是之其实不是那种不许编辑"动"他稿子的人，但，这次的事情，是之觉得太过分了，真是"气极了"，甚至是有些"愤怒了"。但他又是不会去跟人家大吵大闹的，顶多提些意见而已。然而，他的心中已做出一个决定，即此后再也不会给这个刊物写任何的稿子了。

《中国戏剧》杂志编辑部知道了这件事，在他们读过是之的《祭母亲》原稿之后，决定在他们的刊物上全文发表这篇文章。《中国戏剧》从 1988 年第 7 期开始刊登这篇《祭母亲》后，接着在 8 期、9 期、10 期等都有是之的文章，而且在这以后的几年里，不断地发表了是之的不少文章，直到他再也写不动文章时为止。

是之曾把《祭母亲》拿给他们的老院长曹禺看，希望能听听他的意见。曹禺同志看后很欣赏，鼓励他说："你能写，以后要多写……"又说："文章就是逼出来的，一定要多写。"他很受鼓舞，回到家来迫不及待地悄悄跟我说："今天曹头儿说我能写……"看得出来，他内心很激动。是之有时在受到人们称赞的时候，心里是很高兴的，但也不愿张扬，所以就只悄悄地和我说一句。

1988年，于是之到北京医院探望曹禺

公园偶遇钱学森、蒋英夫妇

　　我是在中央实验歌剧院时认识蒋英老师的。她和钱学森先生于 1955 年 10 月从美国辗转回国。大约在 1956 年，蒋英同志便被分配到歌剧院工作，任歌剧演员和声乐教员。不久，领导决定让我和另几位同志跟蒋英老师学唱，每周一次。她很热情，有时叫我们到她家里去上课，在那儿总能欣赏到很多歌唱家优美的录音。一次，正巧遇见钱先生下班回来了，这是我们第一次见到这位大科学家，大家都有些紧张。其实，钱先生是非常平易近人的，他让我们都坐下，还跟我们很随便地聊起来了。他用最通俗的语言给我们讲导弹是怎么回事……给我留下很深的印象。

　　"文革"后，从 1985 年到 1986 年，是之发现钱先生在《文艺研究》杂志上陆续发表了好几篇关于文艺方面的文章，他非常有兴趣地读了起来，感叹地说："人家真是太有学问了。"

　　1987 年，中国戏剧出版社出版了是之那本《于是之论表演艺术》，我用我的名义送给了蒋英老师一本，当时没敢提钱先生，总觉得高攀不上。

后来，一个偶然的机会，我们遇到了蒋英老师和钱先生。

那是在1989年入冬后的一个星期日，我和是之去紫竹院公园散步，在快走到南门的地方，发现钱学森夫妇也在那里，真是意外的惊喜。我马上跑过去和他们打招呼，并把是之介绍给他们。过去，他们看过是之演的戏，可是之没见过钱先生。我告诉钱先生说，他看了您的文章，很想向您请教。钱先生非常谦逊地说"不敢当"，并双手合十向是之表示："您是我佩服的第一个演员，我看了你的文章，我认为你说的道理是对的……"我们边走边谈，一直把他们二老送出南门，看他们上了车才离去。

在回家的路上，是之兴奋不已，他不无感慨地说："我体会了鲁迅先生的话，与这种大学问家聊天，不可说'都知道了'，也不能是'完全不知'，应在'知与不知'之间，这才能有更多的收获。"

在1994年，是之收到了钱先生寄来的一本书——《科学的艺术与艺术的科学》，在扉页上还写了：

请　于是之　李曼宜　同志指正

钱学森

1995年岁末，我们又收到了钱先生寄来的一本书——《论地理科学》，也题了字。看来钱老是相信是之是一个爱读书的

钱学森和蒋英夫妇。照片背面写着：赠老友曼宜　钱学森　蒋英　1994 年初冬

人，这真叫他受宠若惊了。

在是之写的一些文章里，尤其是在《一个演员的独白》和《我所尊重的和我所反感的》两篇中，他反复强调"演员必须是一个刻苦读书并从中得到读书之乐的人，或者他竟是一个杂家"。他认为"没有学问的演员大约是不易取得大成就的"。他说到他自己："我愿意学习，我总觉得有一个无形的神或鬼压迫着我，催促着我：为什么一些普通的常识你竟白痴一样的不懂？许多名著你为什么当读不读？……"他尊重那些有书生气的、"学者化"的演员，而对自己所做的"清醒的、科学的估计"则是"只不过是一个浅薄而能自知浅薄的小学生"而已。这是他的"谦虚"吗？不，我觉得，我信这是他的真心话，敢于承认自己的不足是需要勇气的。就因为如此，他这一辈子才在不断的努力学习中有所长进。他也确实是以"学无涯"来自勉的。

《茶馆》复排风波

在"文革"开始前，我的工作有几次变动。1960 年 2 月，我被调到北京市文联。那时，市文联要大办刊物，我被安排在将要办的刊物之一——《北京戏剧》编辑部。这本杂志出了四期之后，1961 年，上边又要求"缩短战线"，把所有刊物合并为《北京文艺》，我又被安排在了《北京文艺》，仍负责戏剧方面的稿件。1962 年年底，因工作需要我又被调到了北京人民广播电台文艺组，先是做编辑工作，不久被任命为副组长。1964 年 10 月至 1965 年 5 月，我们去通县搞"四清"，回来不久"文革"就开始了。我就是在电台经历了这十年的"文化大革命"。

"文革"前的那些年，是是之体力、精力最旺盛的时期。"大跃进"时，他才三十岁出头，领导给他压担子，他整天忙忙碌碌，不知疲倦地工作。

1958 年 3 月 29 日，老舍先生的《茶馆》首演，演出效果很好，受到专家和观众的好评。曹禺院长曾赞叹《茶馆》的第一幕，说："那是经典啊。"可没想到，当这个戏演出了四十九场后，也就是 7 月 10 日那天，一位文化部的领导来看戏，事后召开了院扩大党委会，在会上却批评了剧院的领导，认为"在组织创作和演出中'不是政治挂帅，而是专家挂帅''不大注意政治，不大注意内容，有点过多地追求形式'……"，还说，焦菊隐的斯坦尼斯拉夫斯基理论是"资产阶级的，资产阶级教条主义"……总之，这样一出好戏就被停演了。

接着，剧院就忙着安排了几出"政治挂帅"的戏，如《烈火红心》《青春的火焰》《难忘的岁月》等等。老舍先生也在 8 月间又拿出了他的新作《红大院》。是之则积极参加了《红旗飘飘》的赶排（他演党委书记），这出戏在 8 月 26 日就上演了。9 月 12 日这天，周总理来看演出，散戏后，是之等人陪着总理走上舞台时，总理对他们说了一句话："《茶馆》改一改还可以演嘛。"总理说这句话的声音并不大，但听到这句话的人，内心都感到一阵惊喜，大家明白这出戏又有救了。记得是之在那天散戏回家后，忍不住内心的兴奋，把这个信息跟我说了。他说："也不知总理怎么知道的这个戏不让演了。"

《茶馆》要改，怎么改？说是要"加红线"，而这"加红线"的工作老舍先生是不会做了，于是这个艰巨的任务就落在了童超、英若诚和是之的身上。那时剧院正忙于研究国庆十周年献礼的剧目，《茶馆》复排的事情就被拖了下来，并且一拖再拖。直到 1963 年年初，复排《茶馆》才被提到议事日程上来。

1959年7月是之被选为剧院党委委员，同时也是艺委会的成员。他在演出创作的同时，还负责行政管理方面的一些工作。那段时间，是之很是忙。他演了老舍先生另一部新作《女店员》；还被借调到儿童艺术剧院演了《以革命的名义》，并拍了舞台纪录片；赶排了电影《为了六十一个阶级弟兄》；此时他还写了个剧本《花开遍地万户香》，后来在剧院上演了；他和梅阡被派去协助曹禺院长创作《胆剑篇》……

1962年，为了排朝鲜的话剧《红色宣传员》，是之和剧中几个主要演员去朝鲜体验生活。回来排戏，年底就开始演出了，演了有一百多场。1963年，一些领导人，如周恩来、邓小平、董必武、陈毅、彭真等同志都来看过，称赞这是一出好戏，要多演。与此同时，被停演多年的《茶馆》也开始复排了。

然而，这次《茶馆》复排又是"生不逢时"。就在他们忙于重排的时候，文坛传来新消息，说上海发表了"大写十三年"的讲话，提出"只有写社会主义时期的生活才是社会主义文艺"。还说："天上的（神仙的）、地下的（死去的）都不看了，要看十三年的。"人艺的演员们就是在这样的气氛下复排着《茶馆》。

这年的4月7日，《茶馆》——这个"不写十三年"的、算不上"社会主义文艺"的戏剧，终于再一次上演了。报纸上不做任何报道，也没有任何宣传，《茶馆》就在没有一条消息的情况下，默默地演过来。许多同行都替人艺担着心。演出前，连排两次——彩排一次及一次首演，老舍先生都去了，但他没去后台，也没有跟演员们说一句话。当时不仅演的人担心，一些热心的朋友也替他们捏把汗。是之曾和我说，蓝马看完戏说："现在是什么时候啦，你们还敢演这样的戏?!"后来，周总理在4月召开的文联会上做报告，明确指出："我们要提倡文艺反映现代生活，但不能把古代和近代的一笔勾销，不能只局限于写十三年。"不久，周总理来看《茶馆》演出，跟焦菊隐先生谈道："《茶馆》这个戏没问题，是一出好戏。"总理看戏时曾对老舍夫人胡絜青说："青年人没有亲身经历过旧社会，不知道旧社会是什么样子，老舍先生的《茶馆》能让青年知道'人吃人'的旧社会在帝国主义、封建主义和官僚资本主义三座大山的压迫下是多么可怕。"总理讲这段话时，实际是在戏演了若干场后的7月。这一次《茶馆》共上演了五十三场。

在这一年的10月，剧院党委决定由是之等三人带队下去搞"四清"。他们一行四十人于15日出发，地点是门头沟斋堂公社——这是个老根据地。是之住在一个老党员家里，同吃、同住、同劳动，每晚都要听他讲些革命故事。是之他们除了参加社会主义教育运动之外，还帮村民写村史，这使是之受到很深的教育。他在给我的来信中写道：

　　这些英雄，为民族解放流过血，担过重担，但是现在，普普通通地干活过日子。他们跟党的关系亲，任何力量分不开，他们为党的事业流血牺牲，但他们只觉得没有党便没有他们的活命。在党与自己之间没有什么权衡，不分什么彼此，完全是一条心的。这是一个根本的立场问题，根本的觉悟问题，知识分子想达到这一点是不容易的。

是之还说：

> 这个月底下个月初，我将步行巡回看一下剧院下来的人，走六个村，四十里地，爬山，一定很有意思。估计要十一月一日出发五日返回本村。
> 我爱上了我们的马栏村，也爱上了这里的人。

剧院要是之这个月 15 日回去，而他希望能多待些时间，但这个要求没有被批准，他只好按时回院了。原来剧院正在研究 1964 年创作安排的问题。为了解决剧院现代剧目落后的问题，党委决定让是之参加一个煤矿戏的创作，于是 27 日他便开始脱产搞创作了。

这年 12 月，剧院党委改选，是之仍被选为党委委员。

1964 年，他的主要精力都放在这个矿山戏上了。年初，他和赵起扬、梁秉堃同志一起去门头沟矿区、去徐州的煤矿等地深入生活、搜集材料并酝酿剧本提纲。6 月 1 日就被集中到西山八大处去写作，19 日他们就分别给剧院的同志及文

1963 年 11 月初，于是之在马栏村，由小南港拾柴回来

化局讲剧本的提纲了。在基本得到肯定的情况下，7月25日，他们写出了剧本的初稿，并读给剧组演员们听；8月25日开始排戏。当时决定拿这个戏作为参加明年年初华北会演的重点剧目。只用了一个月的时间，演员突击排练，这个戏就连排了，并请矿区工人看戏，请市领导看戏。是之便又到矿区去听取意见。这时，正是在毛主席做出对文艺工作的批示之后，文艺界要整风，康生还提出要批判田汉、孟超、阳翰笙等作家的作品，如《谢瑶环》《李慧娘》《北国江南》等，说它们是"大毒草"。在这种形势下，是之他们的创作更是战战兢兢，如履薄冰。他们每走一步都希望有领导把关。11月时，该戏定名为《矿山兄弟》。他们反复排练，先后请了市领导彭真、刘仁、万里、郑天翔等同志来看戏；他们也到矿区去给矿工们演，还给文艺界演，并没听到不能演的意见，所以他们就正式决定拿这个戏去参加会演了。

1965年1月，负责华北会演的负责人看了《矿山兄弟》，发现有"问题"。他们认为这个戏"宣扬了兄弟关系，是旧关系"。当时剧院认为，对这些意见要冷静思考，原则上不做大的改动，但有些地方还要改一改。是之给当时在"四清"的我来信说："你可以想象会演中边改剧本边排戏的那种忙碌的样子，连着几个通宵。到现在总算完成了任务，好歹完成了。"其实，事情并没有完。会演后，有人提出剧中的"老二"为什么被写得那么坏？对工人的缺点错误写"过了限"，作者采取了"暴露"的立场，这是个"批判现实主义"的文艺……一时间，这个戏成了会演中唯一有争论的戏。为此，在会演要结束前，又为《矿山兄弟》安排了一个专场演出，请周扬、林默涵等同志去看戏。看后，据剧院《大事记》记载："周扬、林默涵认为这是一出好戏，生活气息浓厚。'老二'这个人物不存在'过限'问题。"由此引申出一个理论问题，即写工农兵、写干部能不能写他的品质问题、立场问题？答案是"应当明确能写"。北京市委宣传部长李琪同志也跟是之他们说，这个戏要好好搞，要在写人民内部矛盾问题上带个头，坚持搞。彭真同志也让人一定要转告剧院说："北京人艺的方向是正确的，这一段工作成绩是很大的。"还说："对《矿山兄弟》我没看出政治性的问题，如果有，我看戏的时候就会提出来了。"是之在信里说，对这个戏"在艺术上不成熟，我们有充分的自知之明，政治上有问题，我们没有想到，后来这一闹，我心里也确实有些苦闷"。听了领导的谈话后，他很受教育，也很感动。后来他们根据领导的意见再次研究修改方案，又干了一天一夜，连改带排。这个戏又继续演出了。这场风波也算告一段落。是之后来感叹道："顶风是不容易的，没有上级，如果是我，我是顶不住的。"

下一步，是之告诉我，要抓两件事：一是和田冲一起当演员队队长，田为正队长，他兼支部书记；另一件事是和夏淳一起抓创作。

当时，文化局部署他们要创作演出一出反对美帝侵略越南、支援越南人民斗争的戏。是之他们接受了这个任务，立即投入忘我的工作。他们几个人一周之内写出了一个十三场的大戏，昼夜猛赶，睡觉就化整为零了。这个戏，如果院内和市委审查没问题，就将在5月4日演出。是之在信中说：

> 许久没睡整觉，昨夜交出剧本，睡了一个足觉，今晨反觉得迷迷糊糊，我要出去理发洗澡了。

后来，剧院和市委的同志分别审查了这部戏，肯定下来，准备上演了，名叫《仇恨的火焰》。是之写道：

> ……今晚我即休息了，从明天起将又是一个战役，突击修改。再熬两宿，大概差不多了。
>
> 就在这种情况下，我星期日下午还带儿子与二城父子一起到陶然亭划了船。他们划，我休息，结果在船上睡着了。儿子与小飞玩儿得极好。

当时，我在乡下搞"四清"，得知他如此之忙，身边又无人照顾，很是心疼，担心他会累病了。5月8日这天，《仇恨的火焰》正式上演了。

就在这段时间，是之还为剧院下一步的创作去调查了解还有哪些素材可以考虑，他们称之为"探矿"。是之搞了七八个题目，向党委做了汇报。剧院在集中力量抓了一段剧本创作之后，党委又考虑到演员培养的问题，书记赵起扬提出，剧院要培养出尖子演员、红得发紫的演员。他说："……如于是之、童超等，要多让他们演戏。前一段于是之主要在抓创作。创作很重要，但强调过分了就会出问题。如果我们决定让于是之搞创作，就是个不大不小的错误。"话虽是这样说了，但在这年的6、7月间，是之仍旧在搞创作。那是帮助院外作家修改一个关于写人民大会堂建设题材的剧本。8月间，全戏连排，剧院认为还不够成熟，恐国庆节还拿不出来，于是决定突击改编反映越南抗美英雄阮文追的剧本，争取"十一"公演。《阮文追》的剧本前已由焦菊隐改编出初稿，尚待修改，经研究决定由于是之、英若诚和童超共同参加修改。26日，党委、艺委听是之等修改的《阮文追》的提纲。

10月5日，他们就把《阮文追》的剧本改出来了。剧院党委听了以后，基本肯定，准备马上开排。剧院领导决定将这个戏定名为《像他那样生活》。该戏的编剧为于是之、焦菊隐、英若诚、童超，同时也确定了导演和演员，阮文追一角由于是之担任。这是他搞了一段创作之后第一次接戏。9日戏组成立，15日就开始对词了。这是一出赶任务的戏——突击创作、突击排练，谈不上精雕细刻。是之在《阮文追》演员日记里写到，从16日开始排戏，23日就全剧连排了。总共一周时间，早、中、晚三段时间都有安排。他在这篇演员日记里，很少记对人物的分析，只写了一些大家看排戏时提的意见。焦菊隐先生看戏后提的意见中有一条："阮文追要讲究身段。选择最合适的自我感觉，找到最能表达感情的姿势。"

所谓要"讲究身段"、要注意"姿势",这对是之来说是有难度的,他的腿,半月板有毛病,过去在扮演上了些年纪的角色时,情况不突出;现在要演的是一位异国的青年战斗英雄,且是"突击作业",困难确实不小。常称是之为"大侄子"的黄宗江,曾不止一次地开玩笑说:"阁下的阮文追,实在不敢恭维。"但,他是尽力了,基本上完成了任务。

这个戏 10 月 30 日全剧连排,11 月 11 日正式公演。《像他那样生活》因正好配合上当时抗美援越的政治形势,又赶上是越南南方民族解放阵线成立五周年的日子,于是电台、电视台录音、转播、拍新闻纪录片,越南记者采访,外交部、对外文委、越南使馆及越南朋友等看戏,整得非常热闹。这一年,这出戏演了四十六场。直到 1966 年的前三个月,这个戏仍在不断地演出。据记载,前后一共演了七十一场。这也是于是之在"文革"前演出的最后一出戏。这一年,他三十九岁。

这篇东西一口气写下来,回头一看,倒像是一本流水账,一件事接着一件事,看得很累人。不过,这也正是他在那八年(1958—1966)中真实的工作情况。是之在忙中学到了很多东西,长了本事。这和他在"文革"十年中的那种"清闲"(当然,心情是一点也不"清闲"的),形成了鲜明的对比。且看他在"文革"中又是怎样度过的。

这段时间他的演出活动较多(还拍了几部电影),下面只是部分剧照:

话剧《茶馆》中的青年王利发

话剧《茶馆》中的中年王利发

话剧《茶馆》中的老年王利发

话剧《智取威虎山》中的栾警尉

话剧《关汉卿》中的王和卿

话剧《红旗飘飘》中的医院党委书记

话剧《日出》中的李石清

话剧《女店员》中的宋爷爷

电影《青春之歌》中的余永泽

话剧《以革命的名义》中的捷尔任斯基

话剧《像他那样生活》中的阮文追

从《像他那样生活》到《丹心谱》

1966 年 4 月 16 日，《北京日报》发表了批判"三家村"和"燕山夜话"的文章，由此拉开了"文化大革命"的序幕。

人艺剧院传达北京市委的指示说，这是一场政治斗争、阶级斗争，要求各级党委放手发动群众、领导群众进行斗争，每一个人都不允许置身事外。接着，还要批判《兵临城下》《舞台姐妹》等七部电影。大家在学习中"紧跟"。但 5 月 8 日，《光明日报》和《解放军报》的文章又提出：《北京日报》在发表批"三家村"和"燕山夜话"时所做的"编者按"是假批判真包庇。一时间大家都感到困惑不解，不知该听谁的。剧院党委决定认真学习，一些正在排的戏怕有问题，也都叫停了，所有人都集中学习，搞"批判"。

就在这人心惶惶之际，根据原来对外文化协定，是之还是参加了中国戏剧家代表团去罗马尼亚访问。团长为儿童艺术剧院院长牧虹同志，还有一外地的老演员杨村夫，一行共三人。他们于 5 月 28 日出发，6 月 24 日回国。此前是之从未参加过出国访问，这也是他"文革"前唯一的一次。

当他们结束访问归来时，国内的形势发生了急剧的变化，这让他们一时摸不到头脑。是之回到家（当时我们住在首都剧场三楼），看到我家门上贴着大字报，说他是"彭真（还打了个X）的座上客""黑干将"……他都蒙了。进屋后他赶快把那身西装脱下来，便匆匆去找牧虹，把这次出访的总结交了，晚上又去参加剧院的党员会，接着就被"隔离审查"了。从他下飞机到家，我还没来得及跟他说上几句话，这人就被带走了。

原来，6月4日，中央宣布改组北京市市委，撤消了彭真第一书记及市长的职务，也撤消了刘仁的职务；6月20日，新市委派了工作组来剧院领导运动。全院人员敲锣打鼓，列队欢迎"毛主席派来的亲人"。但赵起扬、夏淳、欧阳山尊、焦菊隐等原党委、艺委成员均被列为"黑帮""资产阶级反动权威"，不准加入欢迎的行列。是之归来后即被列入"黑帮组"。剧院开始了"停产闹革命"。

从6月下旬，这些"黑帮"便被关在剧院的史家胡同宿舍院内的两间小屋内（通称"小黑屋"）。起扬等主要领导住在一起，被称为"老大"；是之和童超、田冲等人一起被关在另一间屋里，被称为"老二"。两间屋均设专人看管，"批斗"时随时传唤；不"批斗"时就得写"揭发、交代"材料，或参加各种体力劳动。"老二"每周六可回家居住，但有时也不能回，记得曾通知我给是之送换洗的衣服等。

到了 7、8 月份，来剧院的工作组领导宣布，人艺的运动要"转向主要目标""向黑帮黑线开火"。当时主要是针对赵起扬、夏淳、焦菊隐等人；是之等则是参加会，要他们发言、揭发、批判并考虑"交代"自己的问题。接着，又来了工作队，换走了工作组；再后来又选举了"文化革命委员会"。不久，又宣布撤走工作队，"一切权力归革命委员会"。不管怎么变，是之他们的情况却丝毫没有改变，——除了学习，就是等着被揪斗。

大概就是在这段时间里，又通知我给他送东西，如劳动时穿的旧衣服和香烟（当时只能抽阿尔巴尼亚烟）等日用品。那天，当我到史家胡同后才知道，他被单独关在了一间小屋子里。看到他的头发凌乱不堪，像被狗啃了似的，脸上毫无表情，我吃惊地不知发生了什么事情，急于想问个究竟。这间屋里只有一桌一椅，还有一个木板搭的床。我在床边坐下，刚想说话，屋门就被打开了。我一看，原来是看管他的剧院里的工人红卫兵。此人倒没干扰我们，只是拿了个小凳子，默默地坐在离屋门不远的大树下，意为"监视"。我忽然意识到，我这是在"探监"。难道我们连说话的自由都没有了吗？我们一不搞阴谋，二没有秘密，你愿意听我们说话，就听吧。我问是之："你这是怎么啦？"他低声告诉我："今天来了一拨儿女学生，是红卫兵，来了就问我都演过什么角色……"据说当时有人说他演过"毛主席""捷尔任斯基"等，这都反应不大，可当这伙孩子知道他就是演电影《青春之歌》中余永泽的那个人时，可不得了了，一个人手持剪刀，不管三七二十一，上来就把他头发剪了个乱七八糟。是之告诉我，事后还是剧院里的一位好心人，用推子给他拾掇了一下，才是我现在看见的这个样子，真是令人哭笑不得。

在那年的夏天，他的"黑帮"生活基本上就是除了劳动——扫院子、扫楼道、铲煤、扫锅炉房等，就是学习文件、被揪斗或陪斗、交代问题、写揭发材料。

当时"黑帮"是不发工资的，他们是按自己的"实际需要"申报生活费。是之在笔记本里记载着当时他申报的情况：原写"伙食，十元""文具、肥皂等杂用，三元"，后来，他把它们都涂掉了，改为"饭费、杂用十二元"，这就减了一元；然后是"房屋水电费六元—九元；孩子上学食宿十八元"；最后一条"岳父家用十元（原每月给三十元，现其余二十元由李曼宜付）"则全部给删掉了。这样算起来，一个月只有不足四十元而已。

这一年国庆节后，"革命群众"纷纷成立了战斗组织，把他们选出的"革委会"也给封了。剧院进入群众组织各自为政、相互"打派仗"的阶段。而"黑帮"们，仍是学习、劳动、交代问题、等着被揪斗。是之只要有时间就认真读书，而当时只能读"毛著"。

1967 年年初，"老大""老二"都被放到首都剧场对面的汽车修配厂，由工人阶级监督劳动改造。

我们的儿子于永，"文革"开始时是在香山慈幼院小学上五年级，当时说这是一所干部子弟学校，也要"砸烂"。我们便把他接到我的父母家去住，并就近转到福绥境小学。这年1月，学校放假，于永就回到首都剧场住，并经常随是之他们去汽车修配厂。先只是看看，渐渐熟了，工人师傅也叫他干些活儿。他很努力，师傅也很喜欢他，这样他就在这里干了很长时间。以后，凡是学校不上课，他就来工厂干活儿，一直坚持到1969年的寒假。是之认为这对孩子的成长是有益的。

是之很疼爱儿子，他们在一起时总像朋友似的。他从不给儿子规定要做什么和不能做什么，凡是孩子有兴趣的事，他认为是有益的，都支持。1964年我在通县搞"四清"时，于永还在香山慈幼院小学住校，每周六回家，他们爷儿俩都过得很有意思。有一次是之在信里告诉我："儿子下午三时回来了。我们在食堂吃过晚饭，上街买了一顶帽子，然后去剧场看《生活的彩练》（这是一出反映无轨电车职工生活的戏，台上布景就是一辆无轨电车。于永从小坐无轨电车时就最喜欢看司机开车和售票员报站，所以他对这个戏有兴趣极了）。戏的内容全明白了，并给布景提了意见。'前车门应在第二扇窗之后，而不是第三扇之后''没有刮水器'等等。回来的路上，我们一起分析了剧中人物的思想。他完全懂得是批评一个'看不起售票员工作'的人，认为那人是想做'出名'的工作，而且认定那'当然是不对的'。回家后，洗脚，自己洗袜子，自己铺床，小便，然后睡去。编玻璃丝的本事大增，嘴里又多了些无线电的名词。"于永参加了学校组织的无线电小组，是之很是支持。

　　1967 年 3 月以后，根据《红旗》杂志社论"必须正确地对待干部"的精神，剧院就把他们这些"老二"都"放到群众中"参加运动。那几个月，是之每周六下了班可以回家，这样我们一家三口周日就可以团聚在一起了，是之的心情也不像运动初期那么紧张了。接着，剧院的群众组织实现了"革命大联合"，一时"派仗"也消停了。

　　10 月间，是之他们一些人被下放到大兴县农村劳动。那时于永的学校也不上课，我们就决定让儿子也跟着是之去锻炼锻炼。林兆华那时刚从戏剧学院毕业，被分配到剧院来，也跟着他们下乡了。他回忆说："我们下乡跟于是之老师、刁光覃老师、朱旭、蓝天野老师、英若诚这些人在一起，白天劳动，吃完晚饭他们去转小街，买八分钱一两的白薯酒，再来点猪头肉，拿回屋里一喝。在那个环境里，他们神侃的东西都是真实的。我是那时候开始知道什么是戏剧的。"

　　在我的记忆里，是之大约就是从那时起学会喝酒的，还是劣质酒，他们抽的烟也是劣质烟，这些东西使他的身体受到不小的损伤。不过，这时的日子过得还算平稳。

　　然而，好景不长。11 月，剧院传达了江青关于"树队伍"的讲话，平静的日子不再平静了。原先联合起来的"革命群众"又重新分裂了。院内两大派开始了旷日持久的"派仗"，完全处于无政府状态。要创作的戏也搞不下去了，紧跟着就开始了乱箭齐发式的"清理阶级队伍"，是之也未得幸免，直到年底。

1968 年的上半年，"革命群众"仍在打"派仗"，是之的情况依旧没有改变。8 月以后由"文化系统指挥部"派来"工宣队"进驻剧院，搞大联合，成立"革命委员会"。为了工宣队的进驻，叫我们住在首都剧场后四楼的人都要搬走，搬到史家胡同 56 号去（当时改称瑞金路 18 条 20 号）。我们原来住的是里外两间，到那边只给我们一间。临搬家之前，我们和组织商量，总算同意把原来屋里的几件稍大的家具都暂时存放在首都剧场的仓库里。搬家也用不着找什么搬家公司，只需由"革命者"派上几名"牛鬼蛇神"（实际都是我们的同志）就可把任务完成了。大家来了，彼此都不讲话，只是默默地干，但都很认真，很快就把东西都装在一个平板车上了。车由是之在前边拉，大家跟在后边，浩浩荡荡完成了这次"迁徙"。这么多东西如何安放是需要有点儿"学问"的，除了床能保证睡人以外，其余的东西都是摞在一起的。这样安放的结果是，进屋就只有一条窄道儿，再也没有活动的空间了。两个木箱平放在墙根儿，它即是唯一的"座椅"，也是儿子的床。

"清理阶级队伍"正式开始了，全院有六十多人被冠以"走资派""反动权威""叛徒""特务""公安六条"（即当时中央规定的六种有历史问题的人员）等"罪名"，集中关押在灯市东口，即原舞美制作工厂的大楼里进行审查。是之被列为"公安六条"人员，也被关了进去。

1969 年开始，这段"运动"的主要任务是落实政策、"解放干部"。6 月初，是之他们结束了集中居住。记得那时人艺已经改名为"北京话剧团"，全团下放到南口农场的果木场锻炼。每月休假一次，我们全家又可以聚在一起了。那时于永已是丰盛中学初二的学生了。我和是之商量，又给他安排了一次锻炼的机会，让他利用学校不上课的时间，一个人到河北兴隆县的山里去找我妹妹李晶宜，她正在那里下放。这也是于永第一次走进山村，住进老乡家里，切身感受农村的艰苦生活。

　　一次，于永在回北京时，赶上一段路山体滑坡，老乡带着他避险绕路，多走了近九十里地，到了承德才坐上火车。这个"惊险的"的体验给儿子留下很深的印象。

　　是之他们团在这一年年底，又开始了"批清"运动，即批判极左思潮，清查"5·16 反革命阴谋集团"，一直搞到 1970 年。在这段时间里，是之感到最苦恼的是让他交代"参加国民党"的事，而且据说还是北京沦陷时期的"地下国民党"。按时间算，他当时的年龄也不过只有十四五岁，这怎么可能呢？显然是诬陷。可又怎么证明你不是呢？真是有口说不清。这个问题就这么拖着，始终也没解决，一直折磨着他。

　　那时读初三的儿子已经面临毕业分配的问题。他们年级一共有十二个班，眼看有九个班的同学都分配出去了，剩下的三个班约有九十多人，都是因为家里有这样或那样的问题分不出去，被留了下来。学校放暑假了，是之决定再给于永找个锻炼的机会。当时，我的妹夫在水产部工作，他们的干校在河南郑州叶县。于是，我们给于永买了火车票，叫他自己去河南干校找他姨夫。我妹夫在那里的司机班干活儿，而于永又曾在汽车修配厂干过，所以在那儿还真能帮点儿忙，受到人们的欢迎，还管他叫"于师傅"。于永在那儿一共待了半个月，收获不小。

于永很喜欢这段当司机的生活，回到家不久，学校就又开学了。他们留下的三个班也没再上课，而是叫他们到北京郊区的昌平县马池口下乡劳动。于永在学校表现一直很好，还是班干部，学校决定由于永和一位女同学带队，只派了一位上了年纪的英语老师跟着他们，而在那儿的劳动和生活安排全由学生自理。这对于永来说又是一次锻炼。他们干了一个月，居然没出什么问题，平平安安地把队伍又给带回来了。老师认为于永还是有一定组织才能的。

这一年年底，于永终于分配工作了。12月28日他到北京齿轮厂报到，从此成为工人阶级队伍中的一员。入厂后，他遇到的第一个难题就是填表，关于父亲解放前政治情况一项，不知怎么写。因为那时是之的"历史问题"还没有结论。是之想了想，只好违心地让儿子写了"有一般政治历史问题"。

1971年的春天，是之他们团里大部分同志都去参加"拉练"，只留少数人在家（包括是之）继续搞"批清"运动。是之一个人"扮"了两个角色：白天，他负责审查两个"批清"

对象的工作，和他们谈话、整理材料等；晚上，他又作为"公安六条"人员，向负责审查的人员交代问题，这种情况使他颇感尴尬。

这到底是怎样的一个历史问题呢？据曾负责调查过是之这段历史的同志回忆说，那时确实在一份敌伪档案里记载着，参加国民党的人员中有"于淼"（是之上学时的名字）这个名字，而且家庭住址也相符。但当专案组问到是之时，他却一直不承认有这件事。专案组的同志认为，只是参加了国民党，本也算不了什么大问题，可于是之为什么就不承认呢？根据他过去的表现，也可能是真的没有参加，但又没有证据，最后，只好搞了个"分析结论"。原话怎么写的，我不知道，我只记得是之和我说过，他没在"分析结论"上签字，而是要求继续调查。

后来经过一段时间的调查，是之的"历史问题"好像有了一些进展。我和于永都记得听是之说过，在负责调查的同志的努力下，居然找到了原来在敌伪档案里填表的人（当时还被关押在监狱中）。据此人交代，当初为了使他们那个国民党区分部能领到更多的津贴，就拼命填表凑数向上报，只要他们知道的人名，不论年龄，也不通知本人就填在表里了。这样，问题似乎就清楚了，但对是之最后的审查结论是什么，又是什么时候定的案，我就不记得了。

在是之被审查的同时，当时的军宣队领导，对他采取了"控制使用"。所谓"使用"，就是叫你干活儿。"文艺革命"

上马以后，有一段时间，是之被临时借到文化局工作，和另一位借调到文化局的人民大学的干部一起，去市里各文艺团体了解文艺革命的情况，回来汇报，有时也帮人出些主意，但只是"跑跑腿儿"，没有任何名义，这就是"控制"。有时也让他写些文艺评论或大批判的文章，但不能署名。至于上台演出，那是不可能的事了。

不论是"控制使用"也好，不能"登台"也罢，这都没有影响是之的读书学习。在这段时间里，他硬是"啃"了一些马克思和恩格斯的著作，而且还联系实际。考虑到今后还要搞文艺创作，他又读了不少文艺作品。在他的学习笔记中这样记道：

> 8月4日—12日，比较仔细地读了一遍《哥达纲领批判》。25日，读了马克思和恩格斯分别致斐·拉萨尔的信。
>
> 9月20日，读了恩格斯致敏·考茨基和玛·哈克奈斯的两封信。
>
> 9月24日，准备下周讲用《哥达纲领批判》的发言。
>
> 10月7日，开始学习《国家与革命》。

11月初，剧院开始揭批林彪、陈伯达反党集团。在这种情况下，是之还坚持读了一些苏联小说和戏剧作品，如《水泥》《列宁在十月》《马克辛三部曲》《伟大的公民》《乐观的悲剧》等十几部。

新的一年又开始了。1972 年 1 月，是之在整党中通过了"斗私批修"的发言。这就是说，他可以恢复党组织生活，又被承认是一名共产党员了。

4 月份以后，上级决定让赵起扬负责抓剧本创作。于是他便组织了一些有创作能力的人，先去深入生活，摸情况，然后再准备创作。是之就是从那时起，又开始搞创作了。

6 月初，是之一行人就"下生活"去了，和他一起去的，有英若诚。英若诚在 1968 年 4 月以"英美特务"等莫须有的罪名被捕入狱，1971 年 6 月被释放回团，但并没有做结论，估计也是"控制使用"。是之来信说，他们在迁安看了矿山、附近农村及滦河，还找了一些人谈了谈：

> 初步考虑还是写建矿过程，所以我们最近二三天即要转到一个建矿点去，在那里工人干部都是租老乡房子住，我们也将和他们住在一起，那就与现在的住招待所不同了，每天要和工农接触，也要参加劳动，搞得好，算是真的"下去了"。住招待所，在上面看是下去了，真从下边看还是在上边，这样子是不行的。

他的这封信是写给我和儿子的，于永又刚进工厂当工人，

1970 年年底，于永进工厂当了工人

所以他特别介绍了他那里一些青年工人的情况，并鼓励于永要抓紧学政治、学技术，又说："华罗庚现又发明了一个叫做《0.618》的东西，是一种'优选法'。他现在带着这个'优选法'到处讲演辅导，不知齿轮厂用得着否，我正托人找他这个小册子，于永可以研究研究。"最后还加了一句"妈妈大概是不行的"，故意气我。

是之他们8月回到北京，主要是为了参加文化系统党员干部"批林整风"学习班，一直到1973年年初。之后，大多数人仍在团里搞运动，上级指示"少量人可以去搞创作"，于是是之他们4月份就又"下生活"去了。他们首先去了马鞍山市，这是一个新兴的工业城市，他们去了姑山铁矿，还去看了新开拓的河道，接着去了合肥、蚌埠，专门了解治淮的各种改河道情况。

然而，在这期间最让是之烦恼的一件事，就是儿子的入团问题。于永进工厂后，因为曾有过一些锻炼，干起活儿来不怵头，师傅们都很喜欢他，各方面进步很快。工厂团组织准备吸收他入团，但就是因为是之的问题迟迟未解决而不能发展他。是之为此感到非常痛苦，自己背了一个莫名其妙的历史包袱，已很无奈，而它竟影响了儿子的进步。一天晚上，是之一个人默默地走向天安门广场，独自在那里坐了很久很久。他苦思冥想，这到底是为什么，为什么竟要伤害到一颗稚嫩的心灵，他怎么对儿子说呢，可又能怎么办呢？那夜，他哭了，哭得极其痛心，把无处和无法诉说的痛苦，统统化作了辛酸的泪水。然而，他的这一举动，未曾向任何人谈起过，只是在若干年后才告诉了我。

由于一直惦记着于永入团的事，到了马鞍山后他的第一封信就问：

> 于永入团事批下来没有？十分惦念。

随后，他似乎是安慰我们，又像是给自己"做思想工作"，说：

> 主席路线、政策的落实，确实还要有一个过程，着急也没有办法。

他第二封信就憋不住了：

> 我多少带着不安的心情写这封信，为什么我写去的前一封信没有回信呢？我想到的是儿子入团的事又生了什么波澜，你们不愿意写信告诉我，于是我就猜测起来，有时想得很严重。

我们接信后，马上就给他写了回信，把儿子的好消息告诉了他。原来工厂到剧院来了解了他的情况后，于永便较为顺利地解决了入团问题。为了让爸爸高兴，儿子还用英文写了一封回信。可是因为他们的住处通邮不便，这封信一周后是之才看到。儿子入团了，他心里的一块石头总算落了地。他回信说：

> ……极欣慰。祝贺儿子。儿子的英文信我叫英若诚给修改了一下，现将修改稿连同原稿一并寄回，供你们研究。

他的心一下子开朗起来，如释重负。

是之这趟出来，在创作上的进展也较顺利，这一切让他的心情开朗多了，他说："到年底拿出剧本似是有保证的。"

回京经过一段时间休整，他们又下去了。这次去了河南，位于太行、王屋二山之间的济源铁矿。他在信中说：

> 这里的铁矿工人多是70届的青年，但比起于永的厂子，这就太艰苦了。工具是三大件：铁锹、平板推车、镐。每天上班要爬一座很陡的山，我们歇了好几歇，才走到山顶。在山上我们也插手干了两下活儿。

就算是深入生活了。

他人虽然是在矿区，心里惦念的还是"运动"的情况、剧团的情况。他写信说：

从报上看，中央该是有许多新精神，"水至清则无鱼，人至察则无徒"，这不是一家报纸可写得出的……

对于他们话剧团，他是"又关心又不想问……想来想去，还是拿出一个剧本来，如果再是可用的，就极好了"。

这之后，8月，是之他们就给市里文化部门的领导读这出大戏的提纲了。接着又分别给剧院的临时党委、创作人员及全体演员读他们的剧本初稿并听取意见。他们写的这个戏被定名为《工农一家》。

当时领导对这出戏的意见是："基本上是可以的，人物是有特点的，主题思想是鲜明的，现实需要，应快上。大的修改，等排了以后，征求意见后再动。"市里文化局领导也表示"同意这戏马上开排"。于是团领导分派了导演和演员，又要求是之他们根据大家提的意见，在明年（1974年）2月中旬把剧本修改完。看来，是之他们从1972年开始到现在，在创作上还是有些"成果"的。

1974年1月，"形势"有了变化。市文化局召开紧急会议，说"国务院文化组"决定于春节前后在北京举行华北调演（较原计划提前了），要他们剧团参演的节目是已经演出过的三个小戏。为了进一步提高节目的质量，团里临时决定要于是之、英若诚参加小戏《在新标准面前》的修改工作。这三个小戏在2月初参加了调演的演出，共五场，反应尚可，没受到什么批判；而参加调演的另一个剧目——山西话剧团的《三上桃峰》则被宣布为"大毒草"，马上就开大会批判。是之他们也都得去参加大会。接着，团里临时党委又布置要召开"批林批孔"大会，要求创作人员也要参加。原先决定修改《工农一家》的剧本被推迟了。上级又有指示，认为他们团"批林批孔"运动搞得不彻底，问题严重，决定准备下去深入生活的人员都不要下去，何时能走等候通知。与此同时，上边又派来了"工作组"，又一次"发动群众、点火、揭盖子"……是之他们也就跟着投入到无休止的"揭发、批判"中。直到 6 月底，是之才又开始考虑修改剧本的事。一个月后，市文化局说要"抓革命、促生产"。剧团党委又听了一次《工农一家》的修改稿，演员也听了，大家提了意见。这之后，是之便与导演林兆华再次"下生活"，回来再改，再下去，再修改。反反复复，直到 11 月 13 日深夜两点多，是之改完了第二稿。赵起扬同志认为："前稿有些生动的感情的东西，现在拉平了。原第一场激动人，现不激动人了……"这大概正是历经"磨难"的结果。

12 月 5 日，市委及文化局领导又来谈《工农一家》剧本。一位领导人提出："我看这个本子很有基础，挺丰富，很有前途。"但接着便又指出什么"没有提炼出鲜明的主题"、反映的阶级斗争"没有高度"、"一号人物不那么高大"、"反面不反……"当然，也有的领导提了些具体的建议和对主题进一步的分析，接着就七嘴八舌地讨论起来，是之在他的笔记本

"文革"后期为搞创作，于是之（左一）和
童超（左三）、林兆华（左四）等下去搜集材料

上足足记了十多页，有的下面还加了红线。最后决定要在明年春节前把本子改出来，还要把它带到创作会议上去，再听听意见。在会议期间，一些专业和业余的作者及导演等出了不少主意。是之他们带着各种各样的意见又投入"战斗"，25日去了延庆白河水库工程指挥部进一步深入生活。他们就在这没完没了、反反复复的修改剧本中度过了1974年。

转过年，是之的主要任务还是围绕《工农一家》的修改。听了那么多意见后，新年伊始他便和创作组的几位同志又重新研究了戏的结构、人物及一些具体情节等。接着又是请党委听，提意见，下生活。同时，又请了很多厂矿工人代表听，提意见，边"消化"意见，边深入生活。6月间，市里领导又来听修改后的提纲。领导说："这回的提纲有很大改进""主题爬了一个坡……"终于，在10月15日，经过差不多四易其稿，《工农一家》总算正式建组，到12月初这戏真的开排了。然而，这一年也快过去了。

1976年是一个极不平凡的年份，这一年发生了几件震惊全国的大事。1月8日，我们敬爱的周总理与世长辞了。全团都沉浸在极度的悲痛之中，一切排练工作都停止了。

2月，在市领导两次审查后，《工农一家》终于在首都剧场演出了——但只是为征求意见的内部演出，而且只演了三场。

好景不长。3月，"反击右倾翻案风"开始了！剧团大部分人员又都投入运动。这回，市领导对《工农一家》这个戏又指示说，为了配合政治，要把原来的反面人物写成"走资派"，而且"走资派还在走……"这无疑是给作者出了难题。是之他们只好又重新修改提纲，学理论，找人讨论，出主意，想办法，最后有人提出把这戏发生的时间定为"1975年"，市领导还认为这是"解决了一个大问题"，并提出要他们11月底交初稿。这对是之他们来说等于要从头开始。

真是天有不测风云。7月6日朱老总去世。28日，唐山发生特大地震，创作又中断了。过了一段时间，他们先去了长沙，后是之还顺路到了二十五年前他在那里搞土改的澧县，见了些老人还认识他。这些老人对他们那儿存在的一些问题还想找是之要办法，是之答应回来后向上反映。后来他们又去了上海，参观、了解那里比较先进的炼钢厂。这趟"下生活"，是之心情并不愉快，回京后"就不能工作，扰攘数日，一无所得，……想把心静下来，还甚难"。

9月9日毛主席去世了。正当全国人民在悲痛中不知所措之时，10月初，传来了振奋人心的大好消息。团里传达了市委的讲话，"四人帮"被抓起来了并实行隔离审查，同时公布了他们的主要罪行。全团人得知后欢呼雀跃，高兴不已；是之他们更是忍不住开怀畅饮，庆祝胜利。为了澄清"四人帮"对文艺创作思想造成的混乱，团里组织他们创作人员深入学习、揭发、批判"四人帮"罪行。

是之他们又开始重新审视《工农一家》的剧本，讨论新的修改方案，希望年底能交卷。然而，这出戏真是"命运多舛"。一年过后，院党委认为："这出戏是在'四人帮'干扰严重的时期写的，虽然下了很大功夫，改了无数次，但越改问题越多。特别是 1976 年初，'四人帮'提出写'与走资派斗争的作品'这个'阴谋文艺'的要求后，市委文卫组领导又要求作者按这个要求改，使这戏存在的问题就更加严重了，是重大原则问题。"党委经过慎重考虑，正式决定《工农一家》停排。这一决定对是之来说是一个彻底的"解脱"。他非常同意这个决定，并开始准备写另一个题材的剧本了。

是之他们是从 1972 年接受这一创作任务的，几经调研，深入生活，最后确定写工农关系这一题材。——那是经过认真考虑的。开始动手创作时，他们都是怀着极大的激情的。初稿出来以后，剧院的同志也都认为是有基础的。谁料想，几年改下来，剧本历经"磨难"，上边那些"高明的领导"不断施展他们"毁"人不倦的本领，竟将一个很有希望的作品变成了一个"帮味儿十足"的"废品"，把创作人员的心血消耗殆尽。

在那个特殊的年代和环境中，明知道有些做法不合理，可谁也不能随便吐露。那时，能够相互信任、敢于敞开心扉在一起交流的人，是最珍贵的朋友。是之曾回忆他与剧院的作家刘厚明同志在"文革"中的友谊。他说：

　　　十年浩劫，在人们中间洒满了仇恨。但也因此让善良的人民结下了共患难的朋友。厚明就是我的这

于是之与好友刘厚明

样的唯一的朋友。我易激动，常把自己的愤懑诉给他听；他较我冷静，有时一同唏嘘，有时也将他的疑问和他从外面听来的消息告诉我听。当股寒流来时，我们互相告诫、警戒；当形势略呈些温暖时，我们又为那一点点的希望兴奋……

他们这种交心之谈有过多少次，我不清楚，我只参加过一次。那是一个周末的夜晚，我们好像是借住在中央党校的一间楼房里，房间的旁门外有一个很大的露天平台。我们三个人围坐在一张小圆桌旁，喝着沏好的香茗，遥望着星空。这里安静极了。他和厚明轻声地聊着这段时间憋在心里的话，我只是在一旁默默地听着，有时也注意一下黑暗角落里是否有人。其实，他们谈的都是忧国忧民的真心话，有时很动感情，有时会长时间沉默，但思绪却仍在翻腾。这个宁静的夜晚，让我们感受到了友情的温暖。我们睡得很迟，尚不知明天又会发生什么……

厚明同志是在去参加胡耀邦同志追悼会的路上突然发病的，不想就这样匆匆地与他永别了。是之为失去这一挚友伤痛至极。只要提起厚明，他就泪流满面。如今，在是之也离开我们远去的时候，我请来厚明之子——著名的美术家刘野，为是之设计墓碑。刘野只说了四个字："责无旁贷。"他是把父辈之间的友谊传承下来了，这使我们全家都很感激。

1976年年底，我和电台的一些同志到门头沟区搞社会主

168

义教育运动。是之在家里的情况，我都是通过他的来信知道的。他说，市文化局想叫他在明年 1 月 8 日朗诵他写的悼念总理的诗，但是他现在不愿意上台了。后来，1977 年 1 月中旬他又来信说：

> 终于自 1 月 8 日起上了台，念我写的那首诗。昨天念到"还我总理！"处，观众竟然打断鼓掌。

还有一首郭沫若的新作，由他和刁光覃、董行佶三人各念一场。总之，时隔数年，是之又上台了。但他真正上台演戏，那是又过了一段时间。在《工农一家》停排后，剧团面临无新戏可演的窘境。当时就选中了苏叔阳写的剧本《丹心谱》。导演梅阡认为，剧中一个老中医丁文中最好由是之来演。但是之经过"文革"，搞了几年创作，已经不想再演戏了。梅阡找他谈了几次后，又由多方面做工作，是之才表示"服从组织安排"。这样，他便随着其他演员一起到中医医院去体验生活。1978 年 3 月 25 日《丹心谱》正式公演，是之在笔记本上记下了"再度演戏"四个大字。

他从 1966 年 3 月演完《像他那样生活》最后一出戏（那时他三十九岁），到 1978 年 3 月《丹心谱》上演（他五十一岁），其间隔了整整十二年！这正是于是之精力充沛、记忆力极好、年富力强的十二年啊！……

1977年1月8日，"文革"结束后于是之第一次上台表演——为纪念周总理逝世一周年朗诵他自己写的诗

1978年3月25日话剧《丹心谱》正式公演。于是之饰演老中医丁文中。与"文革"前最后上台演出话剧《像他那样生活》时隔整整十二年

"第一副院长"八年

　　1984 年 1 月底，在北京市委正式宣布林挺为北京人艺的党委书记、黎光为剧院顾问后不久，市文化局便派人来院里进行调整领导班子的民意测验，给每人发了一个"推荐领导班子人选表"，要求当场填好（不记名），投入文化局带来的票箱。

　　就在这一年的 1 月里，有两件事使是之心神不定。一是不知他是否会被选入剧院的领导班子。去年他被选为北京市市委委员，并在 10 月底第一次参加市委会。开会时他和当时的文化局局长鲁刚同志住在一个房间——那时市里已经考虑调整人艺剧院领导班子的问题了。鲁刚同志和他谈了两个晚上，希望他有个精神准备。是之认为，剧院有不少老同志，相比之下，他的资历较浅，恐难开展工作，请领导还是让他多演几年戏或搞些创作。二是在去年年底，上影导演谢晋同志几次来京，透露了一个消息，即梁信写了一个电影剧本《赤壁大战》，是大手笔，谢晋想拍，并希望是之能扮演曹操。

对于演曹操这个人物，是之有很多想法，当时这虽还没有一个准信儿，可似乎就已经把他的"魂儿"勾走了。

记得他开完市委会回家后，跟我说："一想到下一步，只觉前边是一片海，明知是海，大概要跳了。"讲到拍戏的事儿，他说："尽管还极渺茫，可是觉得那前边是天，广阔无边。"他对我说："我之不想当官的心情，将来恐怕只有你来证明了。"是的，我是可以证明的。但我也知道，他最后还是要"跳"的。作为一名共产党员，多年受党的教育，他知道要"服从"。

这年的春节过得很平常，因为这段时间他的心情总是不太好。

最终，是之还是被选进了领导班子。2 月 28 日，市委宣传部部务会议讨论批准于是之任北京人艺第一副院长、宋垠、周瑞祥任副院长。是之主管全局，重点负责剧目工作（即抓创作、选剧目）和艺术处、研究室的工作。从这一时刻起，是之便全身心地投入这份工作中，一天里很难找到空闲时间。但就在这段时间梁信来京，谈电影剧本，并进一步探讨他能否参加拍摄的事。记得是之在同意接受进剧院领导班子时，曾与市领导谈过，希望能放他去拍《赤壁大战》这部片子，似乎已得到默许。

那时，我只觉得他突然间比平时忙了许多，究竟都在忙什么，一时也说不清，大概是剧院的各项基本建设，这当然是主要的事情。此外，这时来找他的人似乎逐渐多了起来，院内的，院外的，有有事的，也有没什么事只想聊聊的。但，据我看，他下的力气最大、动脑筋最多的，还是他负责的剧院剧目这块工作。无论是看材料、读剧本、思考问题，和他创作角色一样，从来是没有什么上班、下班或休息、放假的。我们家当时就住在首都剧场的四楼，作者来访，随时都可"破门而入"。是之进入剧院领导班子这一个月，已经从一个演员转换成了一个"行政干部"的角色。

已经进入 10 月了，是之心里始终惦记着曹操那个角色。一天晚上，上影来人送《高山下的花环》电影票（此片导演为谢晋，人艺剧院的童超参加了拍摄）。谈及《赤壁大战》的拍摄时间，来人说是之何时赴沪还没有确定。他又烦恼起来，生怕错过时机，情况又有变，甚至引起了身体上的不适，血压升高，头发晕。直到第二天下午，谢晋导演来，和他讲好 11 月中旬请他到上海，参加摄制组的工作，他心里才踏实些。

再有几天是之就可以摆脱他的"新官生活"赴沪去就"丞相"之职了，但是要拔脚谈何容易。他首先要选好明年可上演的剧本。当时，在 11 月 1 日话剧《小井胡同》已经建组；15 日《女儿行》已正式公演。此外，他还在考虑其他的剧目。其次，他必须和领导谈好他走后剧院班子的安排问题。另外，他还想为剧院找些"生财之道"。

11 月 11 日是个星期天，我去买了羊肉片。下午，苏民同志来我家，和是之共进晚餐。我只听苏民说自己已被"屈打成招"了。我想，是之可能是已找到"替身"了。

14 日是他启程前的最后一天。日程仍排得满满的，连全家聚会一下的时间都没找出来。上午，他去看《阵痛的时刻》。中午，林兆华来又谈了许久。下午党委及中层干部开会，由市委宣传部长王大明宣布林挺不再担任人艺的党委书记，由市委宣传部副部长李筠兼任人艺的党委书记。市文化局局长鲁刚宣布"任命苏民、林兆华为北京人艺副院长"。会上还特别说明剧院的业务工作在第一副院长于是之不在院时由苏民主持工作。是之告诉我，他已向领导表态：第一，既然领导班子已做了安排，请求将他免职，让他专门搞业务工作；第二，如不同意，他在沪期间，不过问剧院的工作，决不搞"遥控"。晚上，《女儿行》彩排，是之陪市里领导看戏，其间，抽空还要去谈《阵痛的时刻》的表演问题。最后，他被书记们给轰回家来了："可以了，最后这班岗不必站了，快回去收拾行李吧。"这才算是"解放"了，他下一个阶段总算又能回到"创作"的生活了。就为了这一点追求——一个演员极为正当的要求——他不知费了多大力气，花了多大的代价，死了多少细胞，血压为之升降了多少次。从他开始推辞不当干部，到万里同志批示，又是段君毅同志"讲情"，上了套，干了一阵子，现在总算拔出脚来，真是不容易。是之希望这次离开的时间越长越好，能让他静下心来，一心一意再创作出一个"人物"来。

第二天清晨六点四十分，我和儿子于永送他出了家门，赶赴上海了。

打那以后，是之的心似乎全钻进了角色之中。他开始写演员日记了，记录这段时间的所想所做（见附录）。读剧本，研究揣摩曹操其人，同时大量阅读曹操的诗文以及有关曹操的论著，这仍嫌不够，他又开始攻读两汉史，并鲁迅的文章。此外，他还开始学习剑术，以便深入了解曹操，同时用于电影中的人物创作。他在日记中写道：

> 昨今读鲁迅、范文澜书。史料多读，要尊重，而不可陷于其中。《武帝纪》正读第三遍，再读无妨。目的在于消化书上的孟德，变成我的孟德。越读得多，想象越易丰富，在字里行间将有一个孟德于自我心中涌起。我需有我的孟德传。

与此同时，正在北京的谢晋导演12月4日来人艺剧院，为是之去沪拍戏的事和剧院领导正式提出"借调"。谢晋当时听到有人还要是之同时也参加电视剧《末代皇帝》的拍摄，他认为不妥，怕影响电影《赤壁大战》的准备工作。于是谢叫我赶快写信给是之，让他"顶住"。其实，我并不了解情况，只是按他的要求照办了。那时我正好给是之织了一顶毛线帽子，顺便托谢回沪时捎给他。

次年2月初，是之由沪返京。一回到人艺剧院，事情就又来了，闻讯找他来谈工作的人逐渐多起来。这段时间，我们家里的人都在忙着搬家的事。去年底，上级终于破例给我们分了房子——在紫竹院那边。2月14日，剧院出了大小两辆卡车，儿子的同事来了十多个人，大家一起动手把我们的全部家当从四楼搬了下去，就这样搬出了住了多年的首都剧场，迁到紫竹院路2号楼，当时被称为"文化局高知楼"。

临近春节，我们忙着包饺子准备过年，是之仍埋头读书，钻研他的曹操。

5月初的一天下午，上影的陆伯炎来，告知："5日谢晋要来你们新家吃饺子"，让我们有所准备。

5日这天上午是之继续读《三国志》，他认为第214页，注引《汉晋春秋》中关于王威说刘琮的那段，可用。我一上午都在为谢晋来吃饺子做准备，下午快一点了，谢晋才到。他刚从美国回来，吃起家常饺子，很感兴趣。他们饺子就酒，谈兴更浓，主要是听谢导谈，大都是围绕着《赤壁大战》，什么如何加大前期的宣传啦，什么将来在拍电影的同时，还可以把它分为若干集，拍成电视剧啦，等等。听人说，谢导的耳朵不太好，但我发现如果是顺着他的话题搭话时，他一般都听得见；如另起一话题，或是他当时不想谈的，那，对不起，便听不见了。

这一期间，无论是剧院开会、整党学习、谈工作，还是剧协开会、参观交流等等，都冲淡不了是之对研究曹操的热情，他常忙里偷闲，读书、记笔记，甚至在回家的路上都揣摩角色的步态。他在5月6日的日记中写道：

丞相步态今得之矣。中午自三虎桥下114车，迈步较自己原来的拉大一倍，有龙行虎步之感。要与脸一起练成习惯。

　　此时的是之恨不能有分身之术，摆脱缠身的种种琐事，全身心创造角色。

　　然而，天有不测风云。正当是之认真准备曹操角色的时候，突然被浇了一盆冷水。

　　6月19日，谢晋到人艺剧院来，谈是之参加《赤壁大战》拍摄工作的情况。谢讲，该片前期的工作暂告结束，是之的合同到6月15日为止，以后何时再拍另议。这一消息就意味着是之又将回到剧院来上班了。本想能暂时脱开一段剧院的行政工作，安心搞创作，认真再塑造一个自己喜爱的人物——曹操，不想这突然的变故降临，梦想很可能是要破灭了，他也只有无奈。

　　从那以后，是之又回到了剧院的日常工作中。不久，剧院决定由他出演《洋麻将》剧中的魏勒。其实该剧早在3月份就建组了，魏勒是由朱旭扮演的。由于峨眉电影厂约他去拍戏，最后不得不把这个任务交给是之，实际上这是一个突击任务。这期间，他的记忆力已经出现下降的情况，他曾在日记中写道：

　　　演戏事，实在叫人厌烦，记忆力不济，不易精

神集中，实在不能进入创造。这是我的第二十八个角
色，但愿是最后的一个。

话虽如此，对眼前的这个角色，他还是一如既往地尽
心尽力。因为魏勒腿有伤，他每天带拐杖去排戏，晚上挂着
拐杖在北洼路一带练习走路，练摇头、手抖及脸部抽搐的病
态……他要演一个"过了时的男子汉"。

一天晚上，是之都准备躺下睡觉了，陆伯炎来，谈到电
影《赤壁大战》因资金筹划不到位，恐怕是彻底告吹了（原
先说是暂停）。是之无语，我看得出他心已经凉了，为了演好
曹操，他付出了多少心血啊！

是之一边排《洋麻将》，一边还得参加各种各样的会议。
行政工作让他烦恼，同时更令他烦恼的是自己的"记忆力减
退"。现在想来，是之的病大概从那时就已经开始了。他在10
月31日的日记中写道：

匆忙中戏即要演了。"训练记忆力"与钻角色
比，简直没有了后者。全剧十四把牌稍一疏忽便能记
混……创造远没完成。

《洋麻将》上演了，观众反应异常热烈，多次鼓掌。原先
担心只是两个人的戏，怕看不下去，结果却是赞赏有加。这
年年底，《洋麻将》剧组去了成都、重庆和西安演出。他们一

直演到次年（1986年）的2月初。是之在1月底给我写信，说：

> 即将回家了，又看到梁信的信，心里非常苦恼，我们这个宝贝剧院，我实在是不想回去了。我在这里就想给李筠写信，请求或调工作或叫我下去，写东西，反正是不想再当这个副院长了。

然而，前面是海，他仍然是无奈地"跳"了下去。1988年年底，是之在一次有市委党委的人参加的剧院书记院长会上提出，应考虑找一个他的接班人，说由于身体原因，顶多再坚持一年。不想，这番话竟被批为"领导干部精神状态不佳，对下面会有不良影响……"。他只好作罢，硬着头皮继续干。对一个干部，只知道"使唤"，又有谁真正关心到他的身体呢？那时他边演戏，边做领导工作，的确感到身心疲累，备受煎熬，身体也不时出毛病，甚至带病参加演出。我看在眼里，急在心里。

我曾写信给当时北京市委宣传部的领导。信的大意是：我认为是之是不适合做剧院的行政领导工作的，如果上级领导真正爱护这个干部，最好还是应发挥他的所长……这封信如石沉大海，没有人理我，也没人找我谈过话。

1990年春节，北京市委宣传部长李志坚同志来我家探望，是之再次提到辞职的事，李不同意。是之当即便提出：那就换个党委书记。志坚同志对他表示："换谁来你先想想，我们也考虑一下。"过了些日子，市里的许文同志为考察干部到人艺找是之谈话。是之借此机会把和志坚同志提的辞职请求又说了一遍，并说他考虑让鲁刚同志做书记比较合适。又过了一段时间，一天，他回家后非常兴奋地跟我说："市里批准鲁刚来剧院工作了！"看着他那少有的高兴的样子，我也受到了感染。

据剧院的《大事记》记载：1990年5月28日，由李志坚同志来剧院宣布，任命鲁刚同志为剧院的党委书记。从那时起，是之和鲁刚同志的合作便开始了。时隔多年，鲁刚同志和我谈起当年他和于是之的合作，说那时他已经退下来一年多了，可为什么还是同意来剧院工作呢？他说原因之一就是"我要还是之一个情"。他说的"情"，指的就是1983年是他苦口婆心说服是之出来当院长的，而今看到他在这些年里做出了很大的牺牲，也真累，理应帮他一把。就这样，他们两位在一起一直干到1992年，才双双退了下来。

现在回过头再看看，在是之当这个"第一副院长"的八年里，尽管有人对他有这样或那样的意见，甚至也有人当面或背地里骂他、批评他，可他为这个剧院是真尽心尽力了。我想他就有那么大的本事，大概也全都用上了。在他去世后（不是他活着的时候当面的"吹捧"），一些院内院外的同志、朋友们在回忆他的文章中，或是追思会上的发言里，对他的工作都给予了充分的肯定和高度评价。

剧院的剧作家郭启宏在文章中说：

放下可以继续辉煌的"演员于是之"，捡起一脖子麻刀的"第一副院长"，有识之士因之扼腕长叹。

然而，事有未必尽然者！要是说起于是之对剧院艺术生产的管理，尤其是剧本创作的管理，绝对是全中国第一流，遍数域中剧院团，恐怕罕有其匹。……

是之对剧作者们是尊重的，真心愿意和他们交朋友。记得那时每到吃中午饭的时候，没有人约，也没有人请，他们剧本组的一些作家就都端着从食堂买的饭凑到我家那间小屋里来了（我们当时住在首都剧场后四楼）。我们能提供的仅仅是一坛子泡着枸杞的二锅头，谁想喝就自己用小杯子舀一点儿。这不是主要的，主要的是他们的"工作午餐"开始了。谁有什么新的构思，谁又发现了什么素材是可以写戏的，大家便热烈地议论起来。有时有的导演也参加进来，甚至把戏的处理也想出来了。他们的"午餐会"往往是"吃"到下午上班还没散，走时也是兴犹未尽。多少年后还有作者怀念在那间小屋里的特殊"午餐"。

戏剧评论家王育生在回忆是之的文章中这样写道：

于是之在人艺当了八年院长，可说是成绩卓著、荫及后人。戏演得好是天赋和才情，当院长出色，则源于他的眼界、学识和胆识。

王育生也谈到了是之负责剧本创作的工作，说：

> 于是之在担任连科级都算不上的"剧本组组长"时，就把活儿干得风生水起，待到他接任院长之后，更是招贤纳士，网罗人才，资历不论新老，亲疏不分内外，他能把各路俊杰齐聚麾下，队伍蔚为壮观……新作迭出，好戏连台……总之，那一时期北京人艺，确实是以出人、出戏、出理论的实绩再创了辉煌。……这其中，究竟该有多少于是之的心血付出，是无法加以量化统计的。

剧作家李龙云说：

> 不论人们怎样评价于是之的功过是非，有一点是不容置疑的：于是之始终希望北京人艺好，希望人艺不断出作品，出人才。在这个大问题上，于是之是不存在私心的。

此外，就在这一时期是之他们还做了一件事，我觉得也值得提一提。那就是为了密切剧院与观众的广泛联系，让剧院能得到更多社会力量的支持，在是之的倡议下，他们筹建了"北京人民艺术剧院之友联谊会"（简称"人艺之友"）这一群众组织。当他们把这一想法向社会上各行各业、各个阶层他们的老观众朋友征求意见时，得到了他们普遍的赞同。大家觉得这是剧院"有远见的活动，是把观众组织到艺术创造中来的一个创举"。

他们希望会员包括普通观众和戏剧界、评论界以及新闻界等各方面关心爱护北京人艺的朋友，另外还想邀请一些关心和爱护剧院的各方面领导作为荣誉会员。当是之把荣誉会员的证书送到一些领导同志手上时，那些老同志态度非常庄重，仿佛被授予什么大奖似的，表示很荣幸。这使是之非常感动，回家后曾对我说："没想到人家对这个小小的剧院还这么重视。"

1986 年 11 月 29 日，"人艺之友"正式成立了，还创办了《人艺之友报》。

"明知前面是海"，是之还是义无反顾地跳了下去。仅凭他那很不娴熟的"仰泳"，总算没有被淹没。但——他，太累了。

以下是他当了院长后演的戏：

饰《洋麻将》中的魏勒

饰话剧《太平湖》中的老舍（左一老者为林连昆饰演）

为准备电影《赤壁大战》饰演曹操，在亳县招待所读《石门颂碑》

为准备电影《赤壁大战》练剑

于是之和他的舅舅们

是之的朋友差不多都知道，中国老一代著名表演艺术家石挥是他的舅舅。可这个舅舅是怎么"论"上的，人家似乎并不在意，只是觉得"像"。1984年新加坡《联合早报》上刊登了一篇署名曾希邦的文章，题目是《表演艺术家石挥》，开头就说："影片《茶馆》的上映，让我有机会认识到于是之表演的方式，便深深地吸引了我，勾起了我对另一个杰出演员的联想。我觉得他与已故的石挥非常相像：三角眼、钩鼻子、不太厚的嘴唇，一副不瘦也不肥的中等身材。""我这种直觉的联想，果然在我后来所获得的资料中找到了依据，原来于是之是石挥的外甥，所谓外甥多似舅，信不诬也。"只要"像"，人家就都承认了，并不深究这个"舅舅"的来历。我则不行，我总想弄清楚这门亲戚的关系，也曾多次问过是之，可他支支吾吾的，哪次也没说清楚。1985年他写了一篇《信笔写出来的》，里面提到了石挥。他说：

他不是我的亲舅舅，我母亲的娘家姓任不姓石。我所知道的只是我母亲管他母亲叫四姨，我则称他的母亲为姨婆婆，至于我母亲和他母亲的关系究竟是怎样的，两位母亲是跟我讲过的，我没听懂，我的几位舅舅好像也不见得都懂，但大家谁也没有深究过。

其实不然，他的三舅就"懂"。他的三舅，名石毓澍，年轻时去法国留学，是学医的，回国后一直从事医学活动，住在天津，是位心血管专家。1996年，他移居澳大利亚，颐养天年。这也是是之现在唯一健在的舅舅。1997年我写信给他三舅，问及他们甥舅关系，这才解开了我多年的谜团。

石挥的母亲名沈淑珍，沈家共有亲姐妹四人。石挥的母亲排行老四。大姐嫁给了任家，后生一女，这便是于是之的母亲。那位"大姐"就是是之的外婆。因此，是之自然就要称石挥的母亲为四姨婆了。他们的血缘关系还是很近的，所以"像"。

石挥的母亲共生五男三女八个孩子，三个女儿较早就因病去世了，另有一个儿子自幼就过继出去了，所以是之经常提起的，只有四个舅舅。大舅石毓浔，后改名石开，常年很少在家。是之和他接触不多，只知道后来石挥自导自演的电影《我这一辈子》是他写的剧本，笔名杨柳青。三舅石毓澍，早年留学法国，1945年才回国，是之对这个舅舅也就有些生疏了。和是之关系比较近的，一位是二舅石毓涛，就是石挥；

另一位是四舅石毓尊，又名石诚。过去是之很少谈起他的亲戚，孤儿寡母没有人愿意多来往，除了本家到时候给些钱供他上学，或是母子实在揭不开锅，上人家家里"蹭"顿饭以外，其他联系就不多了。是之倒是有时会提起他的几个舅舅，他说："我们两家过从的密切，大约是因为门当户对，穷得平等的缘故。"

他们是怎么"门当户对"呢？我后来读了他三舅自己写的一本厚厚的回忆录，知道了不少石家的事情。石挥1915年生于天津杨柳青，在不满周岁的时候就随父母来到北京。因为那时他的父亲在北京谋到一个不错的差事，即在北京高等师范做职员。这样他们就毅然抛去不多的家产，举家迁居北京。过了不久，就在第三个儿子出生那年，石挥的父亲又升官了。他经人介绍在当时的中央政府内务部当了一名主事。日子更好过了，他们在宣武门外权盛里置办了一所北京典型的四合院。这时家里人丁兴旺，过着无忧无虑的生活。谁知好景不长，就在北伐军进入北京不久，国民党统一了全国，要把政府南迁，这一决定就使原在北京政府工作的人员几乎全都失业了，石挥的父亲也不例外。经济来源中断了，家庭陷入困境。家里年龄稍长的男孩子首当其冲地挑起养家的担子。石挥在初中毕业后无力升学，只得四处奔走找工作。他们的父亲后来托人帮忙在东北找到了一份工作，虽不算满意，但每月还能给家里寄些钱来。万没想到的是爆发了"九一八"事变，从此他们的父亲就再没有音信。北京的家里就只剩下苦命的母亲带着几个孩子，靠变卖家里的东西度日了。他们搬了两三次家，房子越搬越小，最后住到一个大杂院里。是之所说的他们两家"门当户对，穷得平等"，应该就是指这几年的情况了。

是之和石挥这甥舅俩，除了相貌相似外，其他还有不少相同的地方。石挥是初中毕业后，因家境困难被迫辍学，外出谋生。是之呢，也是初中上完以后，本家就不再供养了，人家说："现在大伙儿都不富裕，你也不小了，出去找点事做吧。"这样，他们都是十几岁时便步入社会，饱尝了各种艰辛，见识了各样的面孔，领略了人生。

石挥比是之大十二岁，就在他四处奔波、挣钱养家的时候，是之还是个孩子。石挥先是在铁路上当车童，又在朝鲜人开的牙科诊所学徒，其实根本学不到什么技术，只是搞卫生，给那位大夫端饭送水，甚至看孩子。他不堪忍受这种人格的屈辱，便辞职了。后来同学介绍他到了"明日话剧团"。那时，他还不懂话剧是怎么回事，只在那里帮人搭布景、搬道具，剧团管一顿饭，给些零用钱。后来他学着刚刚能演上一两个小角色时，这剧团又因经费困难而被迫解散了。朋友们知道石挥家里生活困难，就介绍他到真光电影院小卖部工作，以暂时维持生活。是之在一篇文章中曾回忆起石挥这段生活：

小时候第一次看电影是石挥叫我们一家人去看

的，是一部外国的默片。我相信，我们那一家人没有哪个能够看懂。只是放映休息时，见石挥从银幕的背面走出来，我们才感到亲切。他的出来，是报告观众现在休息，并告之众人卖瓜子、糖、豆的地方，然后他就下台去了。我跟了他去，才发现卖瓜子、糖、豆的也是他。他顺手给了我点儿糖、豆。休息结束，他又登台转到了银幕的背面，我也就跟他钻了进去。原来开演以后，他要在背面放留声机。我吃着糖，看着他一面一面地放唱片，觉得比看前边的电影有意思多了。

一人身兼数职，一天从早到晚不知要演几场电影，足见工作之辛苦，赚点儿钱很不容易。然而，那时是之恐并不深知这些，只是跟在舅舅身后跑来跑去，也许还很羡慕舅舅有"本事"，真的很喜欢他就是了。

是之从小受到石挥的影响是多方面的。我记得他曾提起石挥在北京青年会补习英文的事。那正是石挥在真光电影院工作的时候，他每周有三个晚上去青年会夜校学英文。"真光"的事就托他弟弟石毓澍来顶班。经过一年多的努力，他就可以阅读英文剧本了。是之说：

> 我惊讶于他的刻苦，后来到了上海，他竟能把一本英文的表演书译成了汉文。

是之还说：

　　石挥在北京剧社演话剧，我小时是知道的，但话剧是什么我不知道。我只是在他的家里看过他的剧照。记得清的一张是《日出》里的潘月亭，一张是《茶花女》中阿芒的父亲。他还曾经用一把二胡把《日出》的主题歌自拉自唱地叫我听过。"太阳出来了，黑暗落在了后边……"他说那曲也是他自己作的。他居然还能谱曲，我敬佩，但怎么"太阳"还能"不是我们的"，我那时就不明白了。他的那次演唱，完全没有引导我走上戏剧道路之类的意思，一点也没有，不过是哄孩子玩。

其实，这影响是无形的、潜移默化的。

在是之年岁稍大以后，就发现石挥家里有不少书，这也是他最羡慕的。后来石挥去了上海，他们就很少见面了。但那时石挥每演一个角色，照例就给家里寄一张剧照来。《秋海棠》《金小玉》和《蜕变》等的剧照是之都在他家看到过，印象是"每一个角色都差别很大"。是之说：

　　他在上海发表的文章也都寄给我的四舅，四舅又拿给我看。有一本《舞台语》的小册子提出了读台词要"生活化"，我那时已参加业余演戏，这三个字我印象很深，他还创作了一套符号以标记台词的处理，我也学着用过。

后来，是之在北京看了石挥他们的演出，那真是叫他大开眼界，简直着了迷。他说，当时有两个剧团在北京演出：

> 这两个剧团，一个是"苦干"，一个是"南北"。"苦干"自沪来京，演的是《大马戏团》和《秋海棠》；"南北"演的是《雷雨》《日出》和根据果戈理《巡按》改编的《狂欢之夜》。他们的演出无形中成了我们那个业余剧团的"样板"，我们这些年轻人也就无形中成了他们的私淑弟子，大家演戏都学着他们。
>
> "苦干"回了上海，《大马戏团》的油印剧本却留在了石挥家里。我看到了，拿给我们的剧团，大家要演，并且叫我演石挥所演的那个慕容天锡，我也就居然敢于接受了。以我那时的年轻，怎么能够了解那么一个复杂的性格呢？年轻人哪里知道其中的深浅，反正我就学石挥，记得他是怎么演的，我就努力照办就是了。

没想到的是，他们的演出石挥还真去看了，是偷偷去的。戏散了，有人发现了，大着胆子问石挥有什么意见，石挥就

"撺"下一句"孩子们胡闹"，转身就走了。过了不久，石挥从上海给他四弟石诚来信，信里提到了那次看戏的事，大意是说：看了一个孩子演慕容天锡，其中有一个细节，就是喂姜糖水时，喂完了用手擦碗边、碗底，再把手指放到嘴边嘬干净。这一手是他自己加的，不是照抄的。石挥表示，这招儿还不错，以后他要再演时也可考虑加上。这些话对是之无疑是极大的鼓励，多少年了，他一直念念不忘，把它深深藏在心底。我知道这件事是在 1985 年，是之正准备写几篇回忆良师益友的文章。一天我们聊起了石挥，他才很神秘地告诉我石挥曾说过的那些话。不过，他说："这一点我是不准备写的。"我知道这就是"于是之"。

解放后，老舍先生编剧、焦菊隐先生导演的话剧《龙须沟》在北京人艺上演后，获得了极大的成功。是之演的程疯子也得到些好评。这时石挥正巧在北京，他又一次悄悄地没惊动任何人到剧场看了《龙须沟》。戏散了，也没到后台去，径直回家了。事后，有人告诉是之，说石挥来看戏了。是之既兴奋又紧张，急于想听听他舅舅的意见。第二天，是之就跑到石挥家，不巧石挥没在家。又过了几天，石挥就回上海了。那时他们两个人都很忙，可是之心里始终惦记着这件事。直到 1957 年"反右运动"中噩耗传来[①]，他的这件"心事"

---

① 在 1957 年"反右运动"中石挥被错划成右派，第二次批斗会后，他人便失踪了。几个月后，在上海吴淞口外海边人们发现一具尸体，经公安局鉴定，确认为石挥。

二舅石挥（右）和四舅石诚（左）与四姨婆

便成了终生遗憾。

　　他的四舅石诚只比是之大六岁，他们更像是"哥们儿"，在一起无拘无束。1945年初冬，是之又一次失业了，正在走投无路的时候，石诚给他带来一个好消息，说是"苦干剧团"要在北京开办一个半职业性的分团，它的负责人叫陈平，原是"苦干剧团"的演员。一个是"苦干"的分团，一个又是半职业性的，这对是之都太有吸引力了，他当然愿意去。石诚便把他介绍给陈平。这就是"祖国剧团"，陈平是团长。那时他们正在排《蜕变》。陈平听他读了几段台词，就答应吸收他了，还很快就给他派了角色，叫他演《蜕变》中的马登科，并兼演一个勤务兵朱强林。陈平则演梁专员兼做导演。戏的处理都是按上海"苦干剧团"的路子。经过一段时间的认真排练，戏上演了。大约演了十来场，效果也不错，只是所谓"半职业"的工资却发不出。是之在这个集体里虽然感到很温暖，可一想起家中的老娘正等他拿钱吃饭呢，就有些待不住了。实在没办法，他正好看到一个国民党军队的剧团在招收演员，就跑去报名了。回来后，他想这事儿应该告诉陈平。陈平不仅是团长，也是石挥的朋友，是之是把他当长辈看的。是之回忆说："他听了以后，就在街上和我边走边谈。意思是不叫我去，要想出办法来。那时已经是初冬，他陪着我从宣武门走到西单，再从西单走回宣武门，来回走了好几趟，才有了办法。"办法就是还要找石诚帮忙，让石诚每月给他点儿钱送回家去，告诉母亲，就说找到工作了。是之呢，就和陈平他们一起住在"祖国剧团"的支持者开的一座"沙龙咖啡店"的楼上，名义上算是帮咖啡店做些事，吃饭就都在这里了。就这样，暂时又渡过了这次难关。

再有，石诚知道是之从小就爱看书，不过那时多是在家门口一个租书摊上，花很少的钱，租些《三侠剑》《雍正剑侠图》之类的书。随着年龄和文化的增长，它们已引不起他的兴趣了。就在这时，石诚给他送来了巴金的《灭亡》《新生》等，接着是老舍的《老张的哲学》和《牛天赐传》。后来又借给他一本厚厚的杂志，里边头一篇就是曹禺的《雷雨》。这些新书让是之对读书的兴趣更浓了。以后甚至敢大着胆子走进图书馆，徜徉在群书之中，并让读书成了他一辈子的追求。对此，石诚功不可没。我只知道石诚毕业于北京大学工学院，后来做什么工作就不清楚了。1991年他因心肌梗塞去世，只活了七十岁。

是之的二舅和四舅我都没见过，唯一见到过的就是他的三舅石毓澍——一位真诚、爽直、热情的老人。

三舅是1937年去法国留学的，1945年毕业于里昂大学医学院，获医学硕士（MD）学位，同年8月回国。解放前他在南方工作了一段时间，从1951年开始在天津总医院工作了二十年，以后曾有些工作变动，但大多数时间都没离开天津。退休后，1996年6月间，他们老两口去澳大利亚女儿家探亲，之后就定居在堪培拉了。

1980年，北京人艺的《茶馆》要赴欧洲演出，是之想到

196

三舅曾在法国多年，就想请他给介绍几位在那里的朋友。果然，很快就有了回信。三舅提出几位他熟悉的老朋友，都是旅居法国多年，可说是"法国通"了。记得其中有位李治华先生，就是那位将《红楼梦》翻译成法文的大学问家，此人是三舅的小学同学。三舅的这封信写得很长，除介绍朋友的情况外，还都附有他们的详细地址。但三舅的字写得较草，读起来有些吃力，和我们平时看大夫开的处方那样叫人不好辨认。

三舅对是之非常关心，虽身在国外，但是凡从报刊上或电视上看到他的消息，常会写信来，谈感想或有所叮嘱。在看到是之以《茶馆》作为告别演出的消息后，老人来信，特别嘱咐：

退休意味不再演出，不管行政，但仍不能离开戏剧。

他建议是之写些回忆录之类的东西，这样对身体会更有益。又一次，三舅在电视上看见领导接见是之等人，来信说：

在电视上看到你一次，你的神态说明身体健康，我很高兴。

1996年12月，三舅迁居澳大利亚的堪培拉已近半年，偶尔在中文报刊上看到是之参加了话剧《冰糖葫芦》的演出，他很担心，来信说：

> 今后应当注意身体，在紧张时脑血管会发生变化的。

他认真地说：

> 冰糖葫芦可吃，而（戏）不必再演了。

多么可爱的老人！

关于三舅来信的字不好"认"这件事，是之经过长时间考虑终于实话实说了。老人一点儿也不生气，回信说：

> 上次你在信中说我的字很难认，这是事实，许多人都这样说。主要是小时没练习好，又兼写字快，现在手又抖，所以字更坏了。

从 1997 年起，他再来信便改用计算机打字了。

1997 年，是之那本《演员于是之》刚出版不久，三舅就知道了，来信说他在当地出版的《东华时报》上看到了是之签名售书的报道，"还有你的照片，因此我很想拜读大作了"。为了尽快让三舅看到书，我们到邮局花了七十多元用"航空"

把书寄了过去（那时还没有快递）。不久，收到三舅的回信：

> 接到寄来的书及信，寄费之高，句句成金言。我特别细读了书的第一辑，当然全书都是很有价值的，内容很丰富，也看到你的成功来之不易，我向你祝贺。

三舅回忆了很多往事，也谈了很多感想。就是在这次信里详细给我们讲了他们甥舅的关系，让我们解开了谜团。谈到演员，老人感慨更多。他说：

> 现在演员缺真正的社会生活，（只是）把剧本的词儿套在某人身上就去演，就如同把书上对病的描写套在某个病人身上去治病一样。欧洲医院的医生办公桌是在病房里，没有办公室，医生要仔细观察病人，同样演员要仔细了解社会才成。

他还说，有不少人是"双重人格"，"医生本应用善心解除病人痛苦，而不少医生在想法赚病人钱；唱歌的（不能都叫'歌唱家'）唱的是爱，但大量赚钱，还偷税……"真是一位正直的老人。

1997年，我们曾动心想去趟澳大利亚，让是之换换环境，又可以和亲人一起叙叙旧，这样对他身体肯定会有好处的。这事他三舅非常支持，马上叫他女儿写来邀请函，儿子于永也把护照申请表领来了，我也做了些准备。无奈，他的病情一天天加重，最后只好作罢。我是在1998年年初把这个决定告诉三舅的。从那以后，他每次来信都关注是之的病情，并给我们介绍有关阿尔茨海默症的发病情况、治疗及护理的知识。他实事求是地告诉我们："此病发病的原因不清""目前很有效的办法尚不多"，并且指出"家庭护理很重要，经治疗后，症状可得到缓解"。三舅的话，让我更理性地，但又是非常痛苦地接受了这一现实，也明确了今后我应该做什么。我决心把是之护理好。

从1998年后，再给三舅写信，都是以我的名义，直接向他汇报是之的病情及治疗方案等。我也告诉他，我准备整理是之的一些材料，希望他能提供些情况。回信说：

> 我很关心是之的情况，我们虽是甥舅关系，但由于年龄很近，小时常在一起，也可以说共过患难，所以很关心他的成就与生活。正如您来信所说的，成就来之不易，我们都是从社会底层挣扎出来的，希望他有幸福的晚年。

他支持我整理是之的材料，认为"这是很有意义的"。接着他谈了自己的想法，也回忆了一些往事。三舅说：

要研究他何以取得现在的成就，我想除去天才之外，好学（用了黑体字）可能是很重要的因素。他没有上过高级的正规的学校，但知识很丰富，对角色的认识很深刻，所以才表现自然。话剧不同于电影，要有些文学修养，不能用特技，不能夸张，否则就成为文明戏，不能持久，也不能回味。所以我想他学习用功可能是成功的重要因素……

老人回忆道：

我回国后第一次见到他可能是 1946 年在天津。他来天津演出时找我看病。解放后，1951 年演《龙须沟》时，他曾来我们北京的家，谈谈体会（即没见到石挥的那次——李注）。以后，我在天津工作很少见面。有一次，他来天津文化宫演出，我们与诚弟一同吃起士林，饭后一同步行送他回文化宫。后来我在北京开科学大会时，有一个晚上，安排我们到他们的剧院看《茶馆》。我忽然发现是之在台上，在第一幕完了时，我独自闯入后台，隔了"文化大革命"我们又见面了，我们都很兴奋。后来他来天津演出两次，两次都住我家里，我们畅谈过。我觉得他很成名了，但仍很虚心听别人的意见，生活仍保持朴素，没有名演员的坏习气。这很了不起。有人名大了，钱多了，就烧得难受。

　　总之，好学和虚心可能是他取得成功的重要因素。当然这与他受到常与他接触的名作家、艺术家的影响及感染有一定关系。我感觉他是为话剧而贡献自己的力量。他喜欢话剧，而不是为名为利，所以他老是有要学习、要创作的劲头。

老人是一位正直的学者。我相信，他对是之的这番议论绝不是随随便便说出口的。这是他通过多年对是之的接触、观察和了解才得出来的，是真诚的，也是有分量的。

　　我曾把三舅这封信原原本本读给是之听，那时他虽不能用语言表达，但从他眼角渗出的泪水，知道他内心的激动、感动。"还是舅舅知我！"——他从信中得到极大的宽慰。

2003 年 10 月，三舅石毓澍夫妇来我家看望病中的于是之

莫斯科之行

　　1989年9月间，是之去全国剧协开会，回来后对我说："剧协要叫我带队去苏联访问，大约10月初动身。"我开玩笑地说："好啊，这回你能到斯坦尼（斯坦尼斯拉夫斯基）的老家去，取点儿'真经'回来吧！"——从他访问归来后的情绪和他写的"访苏总结"看，我感到他们这次访问是很成功的，是之也表示收获不小。他还说，这一趟对他的某些观念有所触动……

　　他们这个戏剧家代表团一共只有四人，除是之外，还有一位演员，是上海的魏启明，曾演过陈毅元帅；另两位是外地的剧协工作者。他们于1989年10月9日出发，10月24日回到北京。那时苏联还未解体，一行人在苏期间先后访问了莫斯科、爱沙尼亚共和国的首府塔林以及列宁格勒（圣彼得堡）。全苏剧协热情地接待了他们，对他们有求必应。访问日程安排得很满，短短两周时间，他们看了十一场戏，此外还有参观、访问等活动。

他们刚刚抵达莫斯科的当天晚上，苏方安排他们看了一场戏，就把于是之"震"了。这是瓦赫坦戈夫剧院演出的话剧《布列斯特和约》，剧中扮演列宁的演员，是这个剧院的艺术指导乌里扬诺夫。是之回来后描述他看这出戏的感受时说：

> 《布列斯特和约》可以说是一出"政论戏"，几乎全部情节是在列宁、布哈林、托洛茨基、斯大林之间争论在苏维埃政权建立初期应不应当与德国签订《布列斯特和约》的问题。作者是中国观众熟悉的、写《以革命的名义》的作家沙特洛夫。我钦佩于他们能把这个题材写得、演得那么吸引人和震撼人。开场先就不凡——台口上横放着一只棺材，后边站着列宁，他正凝视着这只棺材，旁边站着一位贫困的抱着婴儿的母亲。母亲开始向着列宁说话了："你说给我们土地，现在失去了；你说给我们和平（指着棺材），我的丈夫在战争中死了；现在我一无所有，只有我怀里的一个婴儿，我也交给你吧！"说着即把怀里的婴儿塞在列宁的怀中，她下场了。戏即从这里发展下去，俄罗斯演员的那种深沉、激烈的热情，像是一条既深又急的江河，一泄如注，一直把观众紧紧抓住，几乎喘不过气来，我叹服了。乌里扬诺夫扮演的列宁，是不戴假头套的，就是他本人的样子，但他的表演说服力极强，使你觉得他就是列宁。

这出戏给是之的印象太深了，以至于他觉得后来看的戏，虽也有精彩之处，但从整体上看都赶不上这出戏。他在访苏日志中对他看过的戏都一一做了评点，值得学习的、不足的……他对在列宁格勒看的《沙皇鲍里斯》也比较喜欢，认为假定性用得好。演员把鲍里斯的复杂心理刻画得很深刻，能征服人。这出戏的换景、换道具、场次、人物的转换，都是当着观众进行的。如此不但没有妨碍戏，反而使人觉得戏非常紧凑、流畅。这不禁让是之想起梅兰芳在1935年曾来苏联演出的事，它是否也影响了苏联的戏剧？

他这次访苏的另一成果，就是和几个剧院谈了建立关系，以及交流剧目和导演的相关问题。

在列宁格勒时，他和苏联戏剧家协会主席拉夫罗夫进行了会谈。1988年北京人艺的剧组去上海演出《茶馆》时，拉夫罗夫看了这台戏，评价很高，说是对斯坦尼斯拉夫斯基体系有所发展。后来，他到北京来，是之也接待过他。这次他作为东道主，接待非常热情。他们一见面，拉夫罗夫就提出建立两院关系的问题，并说要办几件实事。他提出拟在1991年契诃夫国际戏剧节时，请《茶馆》来苏联演出。但这件事最终没有实现，可能与当时苏联政局的变化有关。

在莫斯科，是之还见到了莫斯科艺术剧院的叶甫列莫夫。叶也提出要和北京人艺建立关系的问题。是之告诉他，当年北京人艺建院时，就提出要把剧院办成像莫斯科艺术剧院那样世界一流的剧院，所以他们在讨论两院合作意向时很顺利。在提出互派导演的事时，叶甫列莫夫说，给中国的人民艺术剧院派导演，一般的水平不行。他问是之："我自己来行不行？"他当时是莫斯科艺术剧院的艺术指导，也是总导演，那还有不行的？是之马上表示特别欢迎。他们越谈越高兴。是之拿出一瓶从北京带来的白酒，准备送给他，可刚拿出来，就被他旁边的一位同事笑嘻嘻地"抢"走了，说："让我来替他保管吧。"后来才知道，叶甫列莫夫从1970年就挑起了这个剧院总导演的重担，到和是之见面时，他已在这里工作了整整十九年。前些年为了剧院内部的种种矛盾，他有时就借酒浇愁，以至伤了身体，所以后来就戒酒了。在他们会谈告别时，他一直送是之到电梯门口，而且边走边说："要是我一直只当个演员就好了。"是之听了太有同感了，马上说："对我来讲，也是如此。"

经过双方的努力，他们在会谈中提出的邀请叶甫列莫夫来中国、给北京人艺排一出戏的事实现了。

1991年1月，叶先到北京做了一次短期的工作访问。他参观了人艺的剧场和舞台，看了一些剧院演出的录像，然后就和是之等同志具体商谈了他准备排的剧目——契诃夫的《海鸥》。他们初步决定在当年8月开始工作。

这年8月初，叶甫列莫夫携助手如约而至。《海鸥》的排演工作正式开始了。此前，在苏联国内，叶曾于1970年和1980年两次排演过《海鸥》。这次给北京人艺排这出戏，已是第三次了。他表示，要在他以往积累的经验的基础上，在中国排一出全新的《海鸥》。这意味着他决不照搬莫斯科艺术剧院的那个版本。他认为北京人艺是一个优秀的剧院，但他这次的创新、探索，是有一定风险的，他甚至也有些拿不准，"不知是否能获得成功"。经过一次次彩排，《海鸥》终于上演了。事实证明，叶甫列莫夫的这次创新成功了。他自己也承认是成功的。

然而，此时的叶甫列莫夫却从内心高兴不起来，因为那段时间，他的祖国苏联正发生着天翻地覆的剧变。就在1991年，震惊世界的"8·19事件"爆发后，这个有着七十多年红色政权历史的社会主义大国正一步步走向崩溃和解体。国内的乱局使得叶甫列莫夫内心充满了哀怨和悲痛。排戏的任务完成了，但叶甫列莫夫多次表示不想回国。大家都感到他的内心十分痛苦和纠结。

终于，回国的日子到了。叶甫列莫夫把自己关在旅馆的客房里，不肯打点行李，不愿上飞机。无论剧院前来送别的同志怎么敲门，他也不开。大家害怕他误了飞机，最后只得叫来服务员帮忙打开了他的房门。……大家七手八脚赶忙帮他收拾行李，连拉带拽地把他拥到汽车上。在机场，他同剧院的同志一一握手、拥抱，泪流满面。他说："我这不是演员的泪，是真心的……"叶甫列莫夫就这样依依不舍地离开了中国，离开了北京人艺。

在这次莫斯科之行中，还有一件让是之很感满意的事，即就在他们将要回国的那天，他居然挤出些时间，和瓦赫坦戈夫剧院的乌里扬诺夫做了一次专业性的会谈。

是之到莫斯科的第一天晚上，看了乌里扬诺夫演的《布列斯特和约》之后，就有了要与他谈话的愿望。凑巧的是，第二天，他听说原来介绍他认识乌里扬诺夫的苏红同志也在莫斯科，真是喜出望外。苏红同志是《外国戏剧》杂志的主编，1985年乌里扬诺夫访问北京，就是她介绍他们二人认识的。是之很快就和苏红联系上了，她现在是在一个戏剧艺术学院做访问学者。是之也不管人家是否有时间，毫不客气地向她提出两个请求：一是希望她参加代表团在莫斯科的活动，给他当翻译；另一是请她和乌里扬诺夫联系一下，看是否同意和是之做一次专业性的谈话。尽管很忙，苏红还是热情地答应了是之的请求。

乌里扬诺夫是个大忙人，全苏剧协的工作人员原来只打算安排他们做一次礼节性的拜会。苏红知道后就直接去了乌里扬诺夫办公的地方，见到他后，苏红告诉他："中国的乌里扬诺夫来了！"（他们在北京见面时，苏红曾这样向他介绍于是之）乌里扬诺夫听了很高兴，马上答应了会面请求。约定的时间是10月23日，即是之他们要启程回国前，唯一能挤出的一些时间。

他们两个人按时见面了。由于苏红事先已和乌里扬诺夫讲好，请他谈谈瓦赫坦戈夫学派，所以没有过多的寒暄，谈话便直奔主题。有了苏红这位内行做翻译，他们交流得很顺畅，也很愉快。苏红把他们的谈话都做了记录，这里只摘要引用一些：

　　　　瓦赫坦戈夫是斯坦尼斯拉夫斯基的学生，1911年进入斯氏和涅米罗维奇－丹钦科创办的、至今已有近一百年历史的莫斯科艺术剧院当演员、导演和教师。斯坦尼斯拉夫斯基对他很欣赏，说他戏演得好，导演得更好，最擅长的是教学。剧院附设了个戏校，哪里有需要，就让他去哪里讲课。他自己还负责第三戏校的工作。……他一向鼓励学生扩大视野。他博采众长的指导思想，让他的学生和追随者受益良多。他在莫斯科艺术剧院勤奋而卓有成效地工作了十一年。1922年病故时才三十九岁。众多门生将他生前领导的第三戏校独立出来，改建成瓦赫坦戈夫剧院，并于1926年受到国家的正式命名，它一直是莫斯科观众喜爱的剧院之一。

　　是之告诉乌里扬诺夫，他是在很多年前读过查哈瓦的文章，开始接触瓦赫坦戈夫学派的。乌里扬诺夫说，查哈瓦是直接受教于瓦赫坦戈夫的第一代学生，从实践到理论，对这个学派都做出过很大贡献。是之问他属于哪一代。乌里扬诺夫回答，他属于第二代，而今第三代人也早已活跃在演出的第一线了。乌里扬诺夫从戏校毕业后即留在瓦赫坦戈夫剧院当演员。多年来，他在实践中继承和发扬了瓦赫坦戈夫学派的主张，成为这个学派的著名代表人物。乌里扬诺夫介绍说，瓦赫坦戈夫最重视对年轻演员的培养，强调教育的综合性，让他们既能演喜剧，也能演悲剧和正剧，既善于从现实生活的真实性中理解自己扮演的角色，又善于开发自己的表演能力，使自己创造的人物形象饱满、鲜明、生动。

乌还以瓦赫坦戈夫有代表性的演出剧目为例，阐述了瓦赫坦戈夫的戏剧观等问题。……

是之知道乌里扬诺夫还拍过很多电影，因此很想听听他拍电影的体会。乌里扬诺夫说，在这方面自己也尽量按瓦赫坦戈夫的方法行事。一般人认为，在电影的特写镜头面前，表情要含蓄。乌表示对此不能一概而论。他说，他曾在根据陀思妥耶夫斯基的名著《卡拉马佐夫兄弟》改编的话剧和电影中扮演同一个角色，这个人物性格冲动，爱恨不顾一切，发怒时狂躁、咆哮。他身心完全投入了角色，亦哭、亦笑，备受感情折磨，在电影里的表演和在话剧舞台上一样奔放。结果是，电影和话剧都受到了好评。

是之又提起他看了话剧《布列斯特和约》的感受。他认为乌里扬诺夫扮演的列宁非常成功。他请教乌里扬诺夫：演列宁，不戴假头套，有些什么体会？乌里扬诺夫说，塑造列宁形象是一种探索，这个探索是在前人实践基础上进行的，瓦赫坦戈夫学派的优秀演员史楚金是扮演列宁的第一位探索者，他成功地塑造了列宁鲜明、生动的外部形象，又极富魅力地表现了列宁深刻的思想和幽默的性格。在他之后，很多人扮演过列宁。渐渐地出现了一种单纯追求形似的倾向，演员戴着假头套，模仿照片和纪录片中有限的几个姿势，不敢越雷池一步，仿佛列宁只是一位慈祥的老伯伯，这样就离他本人的真实形象越来越远了。《布列斯特和约》这出戏，反映了真实的历史和真实的列宁。列宁身处革命、战争、流血、死亡、社会剧变的时代和矛盾的中心，在面临内忧外患、生死存亡的关头，他始终坚持自己的意见和决策。乌里扬诺夫说，列宁是人而不是神，他也有普通人的喜怒哀乐和脉脉温情，被逼急了，也会有出乎常态的言谈举止。所以如果让他戴上假头套，化装成照片和纪录片中列宁的样了，他会感到拘束，有些戏就放不开手去演了……

关于演员的话题，他们还谈了不少，很投机。乌里扬诺夫说，他现在有些能演的角色，也常常无法去演，"因为被会议桌给'挡'住了"。是之听了很有同感，说为了想演戏，他犹豫了很长时间不敢接剧院副院长的职务，最后还是当上了，这才发现，自己陷入那么多事务中拔不出来，像住房问题、孩子上托儿所的问题等等，都要管。乌里扬诺夫笑着说，我也是呀，连盖房子的事也找到我头上来了，结果忙完了工作，参加完活动，往往就到了深夜，回家拿出剧本想琢磨琢磨，背背台词，很快，上下眼皮就开始打架，困得睁不开眼了。演员当上了领导的苦恼，何其相似啊！他们越谈越有共同语言了。人们担心是之误了回国的飞机，不时提醒。他们虽言犹未尽，也只好结束了这次的访谈。

是之对这次和乌里扬诺夫的谈话很重视，由于有了苏红同志的协助，他得到了"真经"。回国后，是之曾写过一篇小文，题目是《记乌里扬诺夫——访苏追忆之一》，没有发表。遗憾的是，以后他也没能继续写下来。他在离开莫斯科之前，曾希望苏红同志把这次谈话整理出来，送到戏剧杂志上发表。2014 年，苏红写了一篇长达一万字的文章《于是之在莫斯科》，发表在同年《中国戏剧》第 1 期上。文章较翔实地记下了这次于是之在莫斯科的活动，其中也包括了与乌里扬诺夫的谈话，这足以告慰是之了。

苏红在她的文章中说：

> 于是之在莫斯科时，满脑子想的都是尽量多带点专业上的收获回国。他对我说，恨不得把游览时间都拿来用于专业活动。至于逛商店购物，他认为那纯粹是浪费时间。这可苦了代表团其他人，好不容易出来一趟，买点小商品自己留着纪念，或送点给亲朋好友，也是常情。大家只好见缝插针，自己解决问题了。

这就是"于是之"。她写得很真实。她还说，有一天路过一个商店，她建议进去看看，"于是之很不情愿地跟进去，马马虎虎看了看，对什么都不感兴趣"。苏红在塑料制品专柜中看中了一个双层的精致又实用的针线盒，就买了两个，一个留给自己用，另一个让于是之带回来送给我。我非常喜欢它，一直到今天还在用它。我想，这样的礼物，要等于是之送给我，那大概是没有希望的。苏红在她的文章中还提到，在2013年的夏天，她参加了赴俄罗斯旅游团去故地重访，日程中有去莫斯科新圣女公墓的安排，这让她回忆起二十四年前，曾陪是之来过此地。她写道：

> 莫斯科新圣女公墓是人们愿意来的地方，原因之一，是这里长眠着他们的许多"熟人"。那天的来访者不算很多，一路走走，看看，到了一个地方，于是之停下不动了。那是相互为邻的契诃夫和果戈理的墓地。附近还有斯坦尼斯拉夫斯基和涅米罗维奇－丹钦科的墓。于是之在此默默地伫立良久，又在墓间小道来回踱步。为了不打扰他的思绪，我站在与他保持一定距离的地方，心里琢磨着，此刻他在想些什么呢？

是之没有说。我记得他曾给我看过一张照片，是他站在果戈理的墓碑旁边照的，他深情地对我说："我和果戈理在一起。"苏红还感慨地说，二十四年过去了，一些故人均已先后离去。

于是之与他的俄罗斯同行乌里扬诺夫、叶甫列

于是之和苏红在莫斯科新圣女公墓

莫夫，三人均生于 1927 年，如今这三位也都不在了，叶甫列莫夫 2000 年去世，终年七十三岁；乌里扬诺夫 2007 年去世，终年七十九岁；于是之 2013 年去世，终年八十六岁。——只可惜由于记忆力衰退症的干扰，他不得不在六十五岁时就告别了舞台。

苏红在 2014 年发表的这篇《于是之在莫斯科》正是对于是之逝世一周年的纪念。我特别感激、感动，更感谢，是她忠实地记录了是之的这次莫斯科之行。

与病魔抗争

一

很多人知道是之身体有病是在 1992 年 7 月 16 日——他的《茶馆》"告别"演出。那天他在台上出现了好多问题，演了几百场的戏，居然忘词儿了。有些人就察觉到，于是之已经不是当年的于是之了，好像是出了毛病了。其实，他在 1992 年以前就已经出现了一些病态的征兆，但当时我们都没太重视，他对自己的身体一向不大在意。

1988 年的一天，他白天在剧院的工作累了些，晚上回来，说是不好受，就躺下了。接着他突然就浑身发抖，抖得很厉害，按都按不住。我以为他是冷的，就拿来被子给他盖上，他还是抖个不停。他怀疑是心脏不好，就叫我拿硝酸甘油给他吃。吃了药还是不管用。我怕出事，就赶紧给我在友谊医院工作的表妹打电话咨询，她建议应赶快去医院。我马上跟剧院联系后，当天夜里就去了医院。可到了医院以后，他就跟个好人一样，没事了。大夫给他打了点滴，拿了点药，说这是"一过性脑缺血"，也没要求留院观察，我们就回家了。第二天，我本希望他能休息一天，可他说剧院还有好多工作，就又上班去了。这件事其实已经给我们发出了信号，我们还是没有重视它。1990年是之又出现了一次这种情况。这一次，他就更不紧张了，也没有去医院，自己吃了点儿药。果然，第二天就又好了，他又是照样去工作了。就在他不知不觉中，病情又有了新发展。那时，他总觉得牙齿有问题，磨他舌头，所以嘴老要不停地动，自己也控制不了，好像总是在嚼口香糖似的。他既然老说牙不好，我索性就陪他去看牙吧。到了医院，大夫说他应当洗牙。可洗牙能解决他的问题吗？他跟大夫说，嘴里后边有一颗牙总磨他的舌头。其实，那是一颗好牙。大夫尊重他，就按他的意思把那颗牙给拔了。牙是拔了，可他的嘴还是不停地动，越着急、越紧张嘴越动得厉害，甚至影响他说话。另一个症状就是好忘事儿，主要是人名、地名常想不起来。剧院很熟的人，他却叫不上名字来。有时他想找一个人，可就是想不起那人的名字，于是他就学那个人的样子特点，我一看就明白了，就帮他打电话，找到他要找的人。有一次，他下班回家，我们问他，今天是从哪条路回来的，堵车吗？他怎么也想不起来那个地名了，后来干脆说："就是一个姑娘，躺在地底下……"哦，原来他想说的是"公主坟"。我们一听全都笑了。当时我们是拿它当笑话听的。其实，我心里很不是滋味，总有一种酸楚的感觉。

我想，他是真的病了，今后又将如何呢？

是之就是在这样一种身体状况下演的最后一场《茶馆》。他是在克服了许多身体上的不适才完成这场演出的。那天晚上，他演完戏卸了装已经是疲惫不堪了，正好有童道明先生陪着他一起走出剧场后台。他站在院子里，淡淡地朝着夜空发出一声感叹："从前演戏觉着过瘾，现在觉着害怕。"过了一天，童道明问他："现在上台演戏，为什么觉着害怕？"他说："现在嘴有毛病，脑子也不听使唤，怕出错，紧张极了，可到了还是出了错。"他在《92.7.16》（就是告别演出的那天）那篇文章中说："这个日子，对别的人都没有什么意义，只是那一天在我的戏剧生涯中出了些毛病，它告诫我从那以后再也不要演戏了。"一个话剧演员，说话上出现了障碍；一个把演戏作为毕生事业追求的人，今后却再不能走上舞台了。这对他的打击会有多重，他内心将承受的痛苦又会有多么巨大，恐怕局外人是无法理解的。

在这之后，他就有了另一种想法。他觉得"我上台说话不行了，还能写啊"。于是，就在1992年至1993年一年当中他写了十几篇短文。当时他一个是想写"良师益友"，即准备把从他上学以来对他有过帮助或影响的那些老师、朋友一一记录下来，并且拟了提纲；再一个就是想用散文的形式写自传，像《幼学纪事》《祭母亲》等那样的文章。这实际也是市政协文史委员会主任张廉云大姐早就向他约的稿，希望他能写些自己的事，准备在市政协的《北京文史资料》上用。但是这段时间，由于剧院还有些未了事宜，再加上社会活动也不少，他写作的计划进展缓慢。至于他的病，这两年每年都去医院住院检查，医生给出的较清楚的结论是："多发性、腔隙性脑栓塞"，同时有"冠心病""脑动脉硬化"等症状。至于记不住人名、地名，大夫解释说，这是属于"记忆障碍"，给开了许多种药。吃了这些药效果也不明显，当时也没有大夫明确指出，他的病就是阿尔茨海默症或"老年痴呆症"。

1994 年，舒乙给我们介绍了一位东直门中医研究院的研究员——周超凡大夫，说他们正在研究"老年痴呆症"这个课题。于是我们就去见了这位周超凡大夫。他非常热情，在了解了是之的病情后，便比较明确地告诉我们说，这个病就是"早老性痴呆症"，目前是之的情况还不算严重。但他也严肃地指出，这种病是不可逆转的，而且现在也还没有什么专门的药能治这种病，我们只能针对他的某些症状进行调理、治疗，以延缓病情的发展。是之都听明白了，回到家他把大夫的诊断归纳了三句话："不严重，好不了，可以延缓发展。"

这一年，是之为了要去参加纪念老舍先生诞辰九十五周年的学术讨论会，赶写了一篇文章，这算是个"大部头"，即那篇《老舍先生和他的两出戏》。他写这篇文章时，已经感觉有些吃力了，一是思维没有从前那么敏捷了，再一个就是提笔忘字。那时，他的案头总放着字典，随时写随时查看，稿子也是一边写一边改。我就帮他一遍遍地抄清楚，最后总算完成了。他还是比较满意的，只是开会时，这么长的文章，他已经念不下来了，只好由我来替他念。那时，他还都能听得明白。

在 1994 年这一年里，是之还写了另外一篇长文章。在 1992 年庆祝北京人艺建院四十周年的活动中，剧院决定要出一本专著，书名定为《论北京人艺演剧学派》。这本书是由是之负责约请了几位戏剧界的专家朋友共同完成的。全书共分若干篇章，由他们每人各承担一或二章，即写一个题目。是之负责的是第四章《论民族化（提纲）诠释》。这篇《论民族化（提纲）》原是焦菊隐先生在 1963 年时准备写的一篇论文的提纲，但后来因种种原因，没有写成。现在是之在这里为它做的注释，大都是根据他们跟焦先生一起工作时的记录、心得和焦先生发表的文章来写的。提纲共分十段，要将它一一诠释出来，也相当于要写一篇大论文了。是之过去只写些散文，没写过论文，这对他已经很不容易了，更何况现在还在病中。他当时写作的状态，就和他最后一次登台演出那样，不是开心而是憷头，常常出现不自信。他总要把写好的一段一段的文章拿给他的好友童道明、柯文辉去看，听取他们的意见，在得到了他们的肯定后，他才放心。写作大约是从 1994 年开始，断断续续直到 1995 年年初才算完成。

到了 1996 年秋，市政协的张廉云大姐发现是之的病情在发展。她觉得再让是之自己写他自己，恐怕不大可能了，于是她就找到是之的知心朋友李龙云，希望他能答应写一写于是之。龙云答应了。于是就有了他写的那本《我所知道的于是之》。这也是龙云写的有关是之的第一本书。后来，他又写了一本，书名是《落花无言——与于是之相识三十年》。

对于写于是之，龙云曾在书中非常动情地说道：

> 其实，我代替不了于是之。即便我笔下的于是
> 之再准确生动，跟他自己写自己也是两回事。于是之
> 是那样丰富与矛盾，于是之的性格和他的精神世界具
> 备了中国知识分子的全部复杂。任何人都没有能力走
> 进他的心灵深处，没有能力替代于是之自己的内心剖
> 白。那份剖白是那样独特，那样有价值。可惜，随着
> 他语言与思维能力的逐渐丧失，那份剖白已经很难再
> 出现了。这绝不仅仅是于是之个人的悲哀。而他留给
> 这个世界的文字材料又是这样少，这越发加重了这件
> 事情所带给人们的遗憾……

话虽是这样说，但他毕竟弥补了是之自己没能完成的遗
憾。至于是之原想写的那组"良师益友"的文章，却没有人
能替代他写了，这也就成了他终生的遗憾。

1994 年年底，报纸上登了美国前总统里根得了阿尔茨海
默症的消息。里根在报上发表了一个公开信，说明自己现在
的身体已经不行了。是之看了这个消息之后，好久没有说话。
过了一段时间，他有时就跟朋友、同事们自我调侃地说："我
这辈子说话太多了，老天爷不让我说话了。"他敢于承认自己
得的病，也敢于面对它，表面上看，他是坦坦荡荡的，但其

内心深处的痛苦，那就只有他自己知道了。

是之在得病后始终不放弃治疗，只要有人告诉他某某医生有办法，他就去看，就都配合治疗。一些朋友介绍说有大夫扎针能治这病，他也干，不怕在头上扎。那时，市里有个领导也得了这个病，说是有一位中医大夫可以从舌头上扎针，有效果。这位领导的爱人告知我们后，他也不拒绝，也去扎舌头；听说吃什么药好，他也吃。所有这些治疗对是之来说效果都不明显。但是，那时是之吃了周超凡大夫的中药后，有段时间确实好了一些，血压也不高，大便也正常了，睡眠也好了，不用再吃安眠药了（原来都是靠吃安定睡觉），而嘴慢慢地也不乱动了。所以，他又有点信心了，觉得有好转。

二

自从发现是之的这个病后，我们都很痛苦。他有他的痛苦，我也有我的痛苦。我是经过很长一段时间的思想斗争才算把心态放平的。开始，我更多的是从我自己这方面想的。以前，我们两个人都是他干他的，我干我的，他的事儿用不着我管，我也不愿意多管他的事儿。可现在从他的病情发展来看，好像他时刻都离不开人了。我想我也刚退下来，正想干些自己喜欢干的事，可像现在这样大概我什么都干不成了，我真不甘心，也觉得委屈。

再有，我这个人自尊心非常强。那时（大约在二十多年前），人们对阿尔茨海默症（即"老年痴呆症"）还知之甚少，对老年人的常见病，如高血压、中风或偏瘫等，大家一听都很同情；而对一个人"老糊涂"了，爱忘事，丢三落四，说话词不达意等，常会当笑话说，甚至失去对病人应有的尊重。这一点，我非常受不了，总觉得我像比别人矮半截似的，直不起腰来。

很多人都知道，一次是之出席一个文艺界的活动，他应上台给两位获奖者颁奖。给第一位获奖者颁奖，他完成了；到给第二位颁奖时，他不知怎么糊涂了，拿着奖杯径自走向后台，没发到应得奖人的手里。我当时坐在楼上的观众席里，看到这意外的情景，心怦怦地跳了起来，汗也下来了。虽然周围并没有人认识我，可我替他特别难为情，不知人们在怎样议论他。那天，我们回到家里，他一直没有说话，我也没提这件事，只当一切都没发生一样，我们是把痛苦都吞在自己的肚子里了。

是之这时变得非常脆弱和敏感，不知什么时候想起什么事，或是看到过去的什么东西，如相片、文章，再有是什么人无意中的一句话或一个表情，都会引起他不愉快，有时会暗自生气，也有时会伤心落泪，甚或失声痛哭。

一次，他遇到北影一位朋友，他跟人说："我现在没用了。"他还跟我说，他现在不愿意见那么多的人。其实，他自己也很矛盾：见到了朋友，他会想到自己什么都不成了，很自卑；但长时间见不到什么人，他又会觉得人们已把他忘了，也很苦恼。有时，我们在紫竹院公园散步，常会遇到一些他的老观众，人们总爱围拢过来，历数他们看过的他演的戏，总是赞不绝口。他的表情也总似乎很难为情，又摇头又摆手的，意思是说："别提了，那都是过去的事了。"但，就我的观察，他见到这些老观众没有忘记他，内心还是感到欣慰的。

在他心情好的时候，我也劝过他。我说，你过去努力工作，取得的成绩，那是谁也抹不掉的。你现在身体不好，就要甘于寂寞，好好把身体养好。他也同意，但在内心深处，总有一股不服输的劲儿，总想再做些事。

一次，有一个媒体请他题字，他欣然同意了，但写了几次都不满意。后因人家要得急，他就选了一张让人拿走了。开会那天，我们都去了，人家把他的字当场展出后，他一看，就坐不住了，觉得太不像样儿了。于是，他马上站起身来，离开了会场，我在后边都追不上他。到家以后，他痛苦地顿足捶胸，恨不得要自己打自己，觉得实在是太丢人了。看着他那么难受，我也不知怎么劝他才好，只是说："你别这样，别这样……"说着，我也控制不住自己了，于是我们俩抱头痛哭了一场，宣泄了无法说清的酸楚与痛苦。

再有一次，就是李龙云在《我所知道的于是之》一书中说的，他们去西北，是之在一次联欢会上表演失败的事。那次，对是之又是一个不小的打击。龙云是这样描述的：回到房间后，"于是之瘫坐在椅子上，几个小时之间他好像老了十岁，他嘴里自言自语地嘟囔着：'完了，这回真的完了！真完了，全完了……’多少年来，我从没看到过于是之神色那样惶恐。不管我怎么劝慰，他嘴里喃喃着的只是几个字：‘完了，真完了……’”"夜已经很深了，他躺在床上辗转反侧。突然，他坐起身，眼睛盯着我跟我说：‘看来，我是绝对不能再回到舞台上去了，我完啦！’说到此处，于是之热泪盈眶，接着轻声啜泣起来。"

龙云说："于是之无数次地想重返舞台，无数次地努力，无数次地失败。"这次，"我目睹了于是之的最后一击，但结局还是失败了。从那时开始，于是之接受了这个现实，这反而越发加重了那种人生的惆怅……"

这段时间，我感到最大的痛苦，是一种看不到希望的"等待"，不知还会出现什么情况。有时在深夜里，或我一个人在家时，想到这些泪水就止不住涌了出来，尝到了以泪洗面的滋味。有时失声痛哭，发泄我胸中那些说不清、也不愿对人诉说的凄凉、郁闷。发泄过后，冷静下来，知道还是要面对现实，为了是之，为了全家，我要坚强，承担起自己的责任。我想，是之这辈子活得不容易，在他有生之年，绝不能再叫他受委屈，我要对得起他。

他的病也叫我明白了什么是"人情冷暖"。所谓"久病故人疏"的那种"故人"，看到是之现在已经没用了，也就"疏"了，认为这是人之常情，殊不知，那些是之真正的好友，却不是这样。他们不离不弃，一如既往，百忙中总要按时过来看看是之，惦记着是之。是之还能说几句话时，他们就慢慢地跟他聊几句；不能说话时，或是默默地对坐着，要不就是告诉他最近又有什么新戏上演了，或是谁出了什么新书了……是之总是神情专注地听着，享受着那真挚友情的温暖。我从内心里太感谢这些好心的朋友了。

张廉云大姐对是之有一种特殊的情怀。这位老人，不仅经常打电话给我了解他的病情，有时还亲自跑来看他。她告诉我，她年轻时就是于是之的"追星族"，现在叫"粉丝"，曾看过他演的很多戏。她说，于是之同志对人民是有贡献的，我们不应该忘记他，并叮嘱我要好好照顾他。

老画家华君武也很关心是之的病情，同时也担心我的身体。他对我说："你要挺住，一定要挺住。想想杨绛，那八年她是怎么度过的，你要向她学习……"这些老同志、老朋友对是之的厚爱给了我无形的力量，再困难我也会坚持下去，绝不动摇。

三

是之得病的这段时间除了有个小时工洗洗衣服，收拾收拾屋子，基本上都是我在护理他。随着他生活自理能力的下降，护理工作也越来越繁重了，有时就出现顾此失彼的情况。1999年正月十五的早上，他在吃早点，我在厨房，就听见外屋"扑通"一声，我出来一看，吓坏了！他不知怎么从椅子上出溜下来，坐在地上了。我赶紧过去想把他扶起来。他那时还是很重的，我又瘦，根本弄不起来。我想从他身后用两手把他抽起来，可没想到，因为使劲过猛，手一滑，倒退了几步，腰一下子重重地磕在了水泥墙的棱角上，当时就痛得我动不了了。我想："坏了，这可怎么办呢？"是之还在地上坐着。我忍着剧痛，一点一点挪动脚步，蹭到了电话机那儿，给于永打了电话，让他赶紧过来。是之有些吃惊地看着我，我捂着腰对他说："不行了，我摔坏了，动不了了。"那时是之已经不怎么能说话了，见我这样他好像忽然明白了，就着急地在地上爬。突然，他大声嚷起来："快来人呐！快来人呐！……"我吃惊了，他怎么能嚷出来了呢？我真是又痛苦，又惊喜。那时儿子他们就住在我们楼上十六层。还好，他们还没去上班，接到电话后就立刻下来了。他们把是之扶起来后，我就再也动不了了。当时，大家都不知道我到底摔得怎么样，我只能平躺在硬板床上。这段时间，儿子儿媳他们倒着上班，照顾我们俩。后来，我们想找一家可以让我们俩同时住进去的医院，这样我又能照顾是之，又能治病。但这件事很不容易，一时惊动了领导和一些朋友，最后总算帮我们找到了中医医院，那里有个综合科，有间病房有两张床，我们俩就住进去了。当时医院给我诊断的是腰部"粉碎性骨折"，还出现了尿潴留，很痛苦，后来又出现大出血。医生就怀疑我不光是腰磕坏的问题，可能胃或肠的部位有肿瘤，因此需要做各种检查。

　　我这次摔伤对是之的打击非常大，他觉得我是为了照顾他才受伤的，所以他感觉特别对不起我。他见我躺在那里不能动，就特别痛苦，可又说不出来。我因为要做各种检查，一次次被人抬出病房，他就特别不安，烦躁。一次，他看人又把我抬走了，就以为我不行了，人要完了。于是，他就紧跟着抬我的护士。一下没跟上，我进电梯了，见不着我了，他就更着急了。接着他就去找正在查房的白主任，白主任到哪个病房，他就跟到哪儿，两个护工都追不上他。白主任说："你老跟着我干什么呀？"他也说不出来，其实他是在找我，想问我是不是不行了，被送到哪儿去了。看得不到答案，他就在病房的过道里到处跑，到处找，护工也拦不住他。直到见我又回来了，他才安静下来。从那以后，他的病似乎又加重了。话就更说不清楚了，有些事他也听不明白，还常出现烦躁和不安的状况。

是之在病中记忆力虽在衰退，但有一件事却始终忘不了。还在 1998 年，他总是念叨着《茶馆》应该重排、重演，但一直听不到什么消息，有时就很烦恼。我当时劝他："现在要想真正做成一件事，是非常困难的，不能着急。"就在那一年的 6 月 22 日，我根据他断断续续说的意思，整理出来一段话，他看了也同意，想有机会拿给剧院的人看。不记得是什么时候，当时剧院的院长刘锦云来看望他，他特意把刘锦云拉进书房，就是想说《茶馆》这件事，但他越着急话越说不清楚，他也不记得有我给他整理的那段话了。人家呢，很忙，只是看望一下，没时间坐下长谈。这样，这件事就又没得到一个满意的结果。现在我想把当年他要说的那段话抄录在这里，算是"立此存照"，也是一个纪念吧：

1992年7月随着《茶馆》的告别演出，我不仅离开了舞台，也离开了我多年工作的剧院。人退休在家，脑子闲不住，多年的一个愿望一直萦绕在我的生活中，我似乎是无时无刻不在想着它。

老舍先生的《茶馆》，现在无可怀疑地被公认为艺术精品，不仅在我国话剧史上堪称经典之作，而且也得到世界上戏剧朋友的承认。像莎士比亚、莫里哀等大戏剧家的作品一样，一出《哈姆雷特》《吝啬人》能有各种各样的演出，那老舍的《茶馆》怎么就不能呢？就我所知，在香港、日本、美国都有朋友尝试着演出过片段，而我们国内却偏偏没有，可能是顾虑重重，困难重重，无人问津。明知其不可，我还是想——日思夜想——《茶馆》不应在话剧舞台上消逝。这样的精品，应让更多的人看到它。

1998.6.22

根据是之的意思记下

1999年我们住院时，有一次剧院的同志到医院看他，告诉了是之剧院的好消息：一个是剧场要大修，他听了很高兴；再一个就是剧院真的要复排《茶馆》了。他一听《茶馆》要复排，两眼就放光，好像那一刹那他又明白了。后来，又有些朋友来看他，也说起《茶馆》要复排的事，他都能听得进去。

那时，有些老朋友来看他，他还是能认识的。如童道明同志来，他一下子就认出来了，冲着他笑，让他坐，好像有好多话要跟他说。看得出来，是之此时是非常高兴的。还有一次林连昆夫妇来看他，和他说话，他听着听着就突然冒出一句话来，大家都很惊喜。所以，朋友们建议我要多跟他说话，加强交流，我也是同意的。其实，说起"交流"，也正是我感到痛苦的一件事。回想过去，我俩哪怕只说半句话，或一个眼神，就都心领神会了，现在呢……当然，我知道要正视现实。现在只要他能有一些反应，我都觉得又看见了一丝希望，也觉得高兴。

那次，我们在医院住了九个月。开始，我只能躺在床上，不能动。后来慢慢地我能坐起来了。一天，他看到我坐起来了，就走过来，拉着我的手，看着我，好像说："啊，你终于又活啦！"我觉得这一刻我们似乎又能沟通了，心里涌起一股暖流。

还有一天早上，我坐在床上洗脸，洗完脸他正好走过来。我对他说："你去把这脸盆里的水帮我倒了吧！"他就端起脸盆走了，真把水倒进水池里了。回来后，我向他伸出大拇指，表扬了他。然后，我又问他："你吃早点了吗？吃了吗？"他明确地对我点点头，说："吃了。"我又说："我要吃药，你帮我把那药拿过来。"他也明白了，就帮我把药拿过来了。那天就这么一点点的沟通，让我心里特别地痛快，觉得我们之间还可以"交流"。

住院时，大夫安排他做理疗，他常不能安静。我记得大夫说，有记忆障碍的病人，眼前发生的事容易忘，而远端的记忆一般都比较好。于是，我就想和他说些"老事儿"，他可能听得进去。我跟是之说："1949年，南京解放，我们一起上街打腰鼓，还记得吧？"我就用手比画着"咚吧！咚吧！咚咚吧咚吧！……"给他表演。他似乎懂了，跟着点头。我还给他说于永小时候刚开始咿呀学语时念的童谣，并且还学那口齿不清的声音："小白兔，白又白，两只（读ji）耳朵竖起来，爱吃（qi）萝卜（gu）爱吃（qi）菜，跑起路来特（tuo）别的快！"他听着，就笑了。我和护工有时还给他唱《我爱北京天安门》《卖报歌》等孩子唱的歌儿。这样，连哄带唱地，他就能一动不动地把理疗做完了。一时病房里好像很"热闹"，其实我心里是酸痛的。

有时他晚上睡不着觉，我就在他耳边轻轻地哼唱舒伯特的《摇篮曲》《圣母颂》这类我们年轻时就熟悉、喜爱的歌曲，慢慢地他就安静下来，睡着了。是音乐让我们融在一起了。

这次我们在中医医院一共住了九个月，而我实际只算住了四个多月，因我的腰伤已好，大夫便同意我出院了。但，我并没离开医院，只是"身份"变了，由"患者"转为"陪住"了。是之因还要继续治疗，所以就一直住到1999年12月，好像是澳门回归的日子，我们才回到家中。

关于护理是之的问题，经市宣传部批准，由剧院负担那两位护工的护理费，并和她们商量好，也和我们一起回到家中，继续负责护理是之。这一决定大大地解除了我的后顾之忧。对此，我们全家都很感激。而这两位护工——小焦和小胡，更是尽心尽责，克服了她们家里的许多困难，始终也没离开我们，一直守护着是之走到生命的尽头。

我们回家以后，严格按照在医院的生活规律，每天按时服药，试体温，量血压等，倒是过了一段平稳的日子。不过随着天气冷暖，季节的变化和他体质越来越下降的情况，他总会不断地出现些问题，最严重时就要去住院。我们先后住过几个医院，但时间都不长。所以，住院出院，出院又住院。有时刚回到家里，又出现高烧，马上又回医院。这种生活，我们已经习以为常了。

在护理上，为了能更主动，我曾咨询过大夫，想了解这种病发展到最后会出现什么情况，我们应该注意些什么问题。大夫说，这种病因为还没有什么特效药治疗，所以护理是非常重要的，尤其是对于晚期的病人。一般地说，有三种情况要注意：一是因长期卧床，易多发肺部感染；二是因吞咽功能的下降，易产生营养不良而导致各脏器衰竭；三是因护理不慎，如发生摔伤、褥疮等，都会诱发一些并发症，使病情加重。以上这些情况，对病人来说，都可以是致命的。所以，如果护理做得好，病人的寿命是可以延长的。我了解了这些情况，心里多少有了底。虽说我最痛苦的是看不见希望的"等待"，但现在对这个"等待"我知道该做些什么了。我有了更多的精神准备去迎接一个个新的挑战。我会更积极、有针对性地加强对他的护理，让他在有限的时日里过得更好，我要对得起他。现在我不奢求他会出现什么奇迹，在生活中哪怕偶尔只冒出一点微弱的"火花"，出现一丝丝的"亮点"，我都会感到欣慰。我已经没有眼泪了。

2008 年，是之病情加重，高烧不退，原来住过的医院都没有床位，我们便临时住进了中医医院的特需病房。经过几天的治疗，没有好转，医生便决定把是之送到中医医院的 ICU（重症监护室），接着他就出现黄疸，肾功能也有了问题等等，医院便下了"病危"通知书。我一方面找了几位朋友商量他后事的安排，另一方面，还想做最后的努力。后来，通过濮存昕联系到协和医院 ICU 部的主任，他同意到中医医院来会诊。经过协商，协和医院的 ICU 表示可以接收于是之。于是我们便很快办理了转院手续。协和的 ICU 还是很有经验的，是之住进去不久，情况就有好转了，算是把他从去八宝山的路上给拉回来了。

是之在协和 ICU 治疗了一段时间，大夫认为可以转入普通病房了，可新的问题又出现了。原来我们以为这里也和是之以前住过的几个医院一样，可以直接转入综合科病房，即所谓的高干病房，但协和医院有个规定，住高干病房，必须是副部级以上的干部，是之级别不够，我们就转入老年病房了。这里的房间比较挤，原已有两位病人，我们的两个护工晚上没地方睡，这倒还可以克服。麻烦的是，为了保证减少是之的肺部感染，需要及时给他吸痰，我们的护工经多年学习，本已经可以独立操作了，大夫也是许可的，可到了这里，人家为了负责任，不许护工动手，只能找护士，而护士人手少，经常做不到及时吸痰。所以，住在这里不到一周的时间，是之病情又出现了反复，最后只好又回到了ICU。经过一段时间调理，他又可以转普通病房了。这次可怎么办呢？我们可真发愁了。最后还是请组织出面帮忙，经市委宣传部、剧院及医院的几位领导协商，算是把他安排在"老五楼"病房了（即高干病房），但床位要按"特需"付费，治疗费用按"高干"待遇。我想，是之一辈子从不争待遇问题，在剧院只是副局级，离休时组织才提出按正局级待遇对待。没想到这个级别问题却成了他住院的难题，我心中真是有一种说不出的苦涩。

在大夫的合理治疗、护工的精心护理下，是之在协和的"老五楼"病房又住了四年多的时间。这段时间，我是每天下午必去看他。开始时是风雨无阻，后一两年，随着我年龄的增长，就改为"风雨有阻"了。下大雨、大雪时就不敢去了。我每次去，除了在他耳边跟他聊几句，告诉他家里有什么事，如"你大孙子回来了，过两天看你来"（孙子于昊明那时在国外学习），又如"李龙云给你送书来了"，等等。再有，就是给他从头到脚做些"按摩"。我的"按摩"很不专业，只是揉揉而已。但就是这些，他常有些反应，有时睁眼看看我；有时给他揉手指时，他会拉我的手；还有时，听到说他熟悉的老朋友时，他激动得眼泪就流出来了，甚至还会"啊，

235

啊……"地哭出声来。有些好心的朋友时常劝我："人都糊涂了，何必天天非要跑一趟医院，护工不是很负责吗？你也应注意自己的身体。"我很感谢他们，但我觉得人们还是不太理解我那时的心情。至于有的人，从来没到医院看过于是之，可在报上一说起于是之来，就说他已经是个"植物人"了，如何如何。我看了心里特别不舒服。我想，人家也许是讲话更"科学"，或是更懂得医学，知道什么叫"植物人"，而我却很不喜欢，更不愿接受这个冷冰冰、毫无感情的称谓。是之的老友黄宗江一次在电话里和我说，他过去在他住家的大院里，看见那些推着瘫痪病人或是痴呆老人在户外走的时候，不大理解他们的心情，可是在自己老伴儿去世后，他才真正理解了。他说："即使老伴儿瘫在床上，再不能动，不能言，我也愿意守着她，照顾她，这里有我们的感情；不论怎么样，我们两个人还是在一起的。"他说的这些话，我懂。其实，我也是这样想的。

我和是之的两个护工，我们一直都相信，在是之的脑子里，不知是"哪根弦儿"让他对许多事情始终没忘，他忘不了他的剧院，忘不了他一生为之奋斗的话剧事业，他也忘不了他的亲人、他的挚友……

下面这几件事，也可做一凭证。

是之和人艺的苏民（原名濮思洵）早在解放前，他们还很年轻时就认识了。是之初中辍学后，能在当时华北统税总局做文书，那就是苏民的父亲给他安排的。解放后，在1952

年，华大文工团和华北人民文工团的话剧演员合并，成立了北京人民艺术剧院。（原来由华北人民文工团在1950年成立的"北京人民艺术剧院"是一个包括歌剧、话剧、舞剧等综合的剧院，后习惯称为"老人艺"）苏民和是之又走到一起来了，几十年过去了，他们从未分开过。苏民清楚地记得，在1985年12月27日中午，他们——苏民、林兆华、李龙云和是之在人艺宿舍龙云的房间里吃饭时，本来是随便聊天，后来涉及工作上的什么问题，不知怎的，是之突然发起火来，朝着苏民说："你变了！"还摔了酒杯。他这句话很伤苏民，把苏民气得回去大哭了一场。事后，是之也很后悔，李龙云在他的书里也曾写过这件事，是之和龙云自责地叨念过"何必呢，何必呢？"他对苏民很感愧疚，但始终没能有机会当面向苏民道歉。在他失语后，这件事只能深埋在他心里了。然而，苏民和他毕竟是多年的老友，在是之病重后，苏民和他老伴儿贾铨，还到医院看过他。那天，他们是上午去的，我不在。后来护工告诉我，说他们拉着是之的手，自报姓名，说"我们来看你了！"说了几声，是之忽然号啕大哭，"呜、呜……"的，伤心极了。苏民老两口儿也很心酸，临走给我留了个条子："我和贾铨来看望是之，状态比以前好，他是知道老朋友来了。这些年实在感谢你的尽心尽力，费心费力地照顾他。"贾铨也附笔："非常佩服你照顾是之的'心'、'力'，向你学习。"我看了，很感动。当晚我给他们老两口儿打了电话，谢谢他们来看是之。我说："你们让是之又有了意识。"电话打了很长时间，彼此心情都很激动。用苏民的话说："是之在重病中，用他的本能向老友表达了自己的心境，足矣。"他们老哥儿俩的纠结，就此化解，愿是之安息吧。

还有一件事：

2011年5月，李龙云和他的夫人王新民及市政协的张秋萍一起到医院看望是之。这次是龙云告诉我，北京出版社请他在《我所知道的于是之》一书的基础上重写一个新的于是之。他已写出初稿，这次带来想让我看看。他们刚进病房时，见是之闭着眼，以为他在睡，没敢打扰，我们就先聊了起来。除了说出书的事，龙云还提起他和是之的交往，那些遥远的往事。一直站在病床旁边的秋萍告诉我们：你们说话时，于老一直睁大眼睛在听着。他们便都围了过去，又是自我介绍，又是和他聊天。他真是睁着眼睛，看看这个，看看那个。我有些奇怪，这一段时间，他白天很少睁眼，夜里却常睁眼，难道他真的听见我们说话了？龙云曾写过这样一段话，记录了他当时的感受："假如于是之能听懂我们的话，哪怕是断断续续的几句，而他却无法做任何表示，他该有多痛苦……也许，多年来的失语，多年来历经无法表达的痛苦的折磨，早已使他把苦难接受了下来，使他修炼成了方外之人。他早已涅槃。"

最后这件事是在2012年6月，人艺纪念建院六十周年的时候，濮存昕和他妈妈——苏民的老伴儿贾铨、曹禺的女儿万方等人去协和医院看望是之，贾铨对他说："我代表老哥儿们来看你了……"万方也说:"我代表我爸爸来看您……"不一会儿,他们亲眼见到是之又流泪了。当时,我正在生病,住在北京医院。贾铨等人知道后,他们又从协和来到北京医院看我。贾铨非常激动地拉着我的手,告诉我他们刚才看见是之流泪的情景。

是之用他的真诚、善良走过了一生,我为他的任何付出都是值得的。在最后送别时,我在送给他的花篮上写下"是之,我爱你"几个大字。这是我的心里话,却又是一辈子也没当面说出口的话。

在和朋友商量是之后事的安排时,他的好友童道明先生提出能否让老于最后再回一趟人艺剧院。这个想法我非常同意,我想应该让是之和他工作多年的这个"家"以及他所心爱的舞台做最后的告别。于是,我便向剧院领导提出了这个"奢求"。剧院领导经过研究,马欣书记很快就通知我,说他们同意,并和许多同志精心安排了这次告别活动。

2013年1月24日的清晨,是之的灵车从协和医院开出来,没有直接去八宝山,而是驶向了首都剧场。剧场的台阶上早有不少剧院的同志在那里等候了。灵车缓缓绕了剧场一周,然后在院里停了下来。由濮存昕主持,举行了一个简短的告别仪式。接着灵车启动了,是之真的出发了,他向西,再向西,离开了我们这嘈杂的世界,走向远方。濮存昕认为,"这样的送别是最高贵的形式"。

是之,你放心了吧?!安息吧!

1998年英若诚来我家看望于是之。英若诚在1968年4月以莫须有的罪名被捕入狱。1971年6月释放后，上级安排他和于是之一起搞创作

1999年，侄女于蕴芬去中医医院看望于是之

2002年，苏民、贾铨夫妇带着濮存昕和童道明
合作出版的画册来家中看望老朋友

2002年，我的老朋友王镇如来看于是之

于是之和护工在一起特别高兴。和小胡跳舞

于是之和小胡、小焦一起蹬车

于是之与李龙云夫妇

于是之与鲁刚

于是之与童道明

2004年除夕，那时于是之白天多在睡觉，忽然"爷爷睁眼了！"大家都惊呆了

2013 年 1 月 24 日，灵车载着于是之回到了首都剧场，

向他心爱的剧院、舞台告别

为了纪念与感动

王丹

　　我的母亲王镇如和李曼宜阿姨曾经是北京师范大学的同窗好友，她们年轻时又一同走上革命道路——于1949年年初参加了华北人民文工团（于是之先于她们进入该文工团），她们的友谊延续了一辈子。我从小就认识曼宜阿姨，而于是之叔叔在我儿时的脑海中就是一位大名鼎鼎的演员，他在电影《龙须沟》和《青春之歌》中扮演的角色给人留下的印象太深刻了，他在话剧《茶馆》里的表演更是令人称绝，备受观众喜爱。2013年1月20日，电波里传来了于是之去世的消息。我知道于叔被病魔缠身已有多年，而曼宜阿姨始终不离不弃地陪伴着他，精心照料着他。想起在我继父突然去世和妈妈病逝之际，曼宜阿姨都是首先来到我们家探望并参加遗体告别和追悼会的，现在她有难了，我应当尽快去看望她。

　　见到曼宜阿姨，她很平静，送给我一张于叔生前的照片和一张纪念册页，并在照片背面签上了名以此作为纪念。我知道妈妈生前曾帮助她搜集整理于是之的生平材料，便问起这件事。那天，得知已经八十多岁高龄的曼宜阿姨仍在独自一人孜孜不倦地做着这件事，编辑出身的我觉得帮助年事已高的曼宜阿姨义不容辞，况且我也已经退休，时间是有的。另一方面，自从妈妈去世后我非常想念她，觉得帮助曼宜阿姨整理于是之材料是妈妈做过的事，我应当继续做，似乎这样就能从曼宜阿姨身上感受到妈妈的温暖，离妈妈更近些。然而，当我真正深入到曼宜阿姨的生活中并了解了她之后，我更多的是感动，是得到，而不是付出。曼宜阿姨身上所蕴藏的正能量不断地传递给我，鼓舞着我。

毋庸置疑，于是之是当代中国演艺界，特别是话剧界的一面旗帜、一个标杆、一位表演艺术之大家。通过接触整理于是之的材料，我进一步了解到，他一生为人正直，热爱学习，刻苦钻研业务，有戏骨，有风骨，对于演戏一丝不苟，台前幕后狠下功夫，不为名利所累。这样一位艺术大家，他的成长过程是怎样的？在波澜壮阔的社会变革中他有过什么样的人生经历？生活中的他又是个什么样的人？我想这些曼宜阿姨是最清楚的，如果她能写一写这方面的东西，无疑是非常有意义的，无论对他的家人后代，还是对戏剧表演者和爱好者都是一笔宝贵的财产，也是对社会的极大贡献。在我的鼓动劝说下，曼宜阿姨终于同意了这个建议，开始动笔了，我决心帮她完成这个艰巨的任务。

这一写书的过程，也是我真正了解于是之和李曼宜这对恩爱伉俪的过程。我时常被他们彼此之间的深爱和信任所感

王丹与李曼宜在恭和苑老年公寓合影

动。在那个年代，他们有着共同的理想信念、共同的价值观人生观，是一对志同道合的伴侣，而知识分子的文人气质及幽默感又使他们的生活充满情趣。我曾问过曼宜阿姨，最喜欢于是之什么？她说："最喜欢他的真诚，表里如一，不喜欢弄虚作假。"于是之患阿尔茨海默症从轻到重，再到去世，长达十七八年，这是一个多么漫长又令人痛苦的过程啊！据说，迄今为止世界医学还没有办法治愈这个病。然而，曼宜阿姨虽然内心很痛苦，却从没动摇过对于是之的爱，也从没有过放弃给他治疗的念头。在将近二十年的时间里，不论是风霜雪雨，还是烈日酷暑，她不顾自身体弱多病，始终坚持每日奔波往复于家和医院之间，细心守护着自己的爱人。书中说，由于病症于是之晚上有时睡不着觉，曼宜就会在他耳边轻轻地哼唱舒伯特的《摇篮曲》《圣母颂》这类他们年轻时就熟悉、喜爱的歌曲，慢慢地于是之就安静下来，睡着了。这是多么深的爱啊！曼宜阿姨说："……是之这辈子不容易，我要对得起他。"

人们都说，老年人十个有九个会感到孤独寂寞，常常会怨天尤人。而我每次见到曼宜阿姨，感受到的都是乐观与坚强，以及从她身上所释放出的正能量。于是之走后，她没有消沉下去，没有过多地沉溺于悲哀之中，而是以八十八岁的高龄继续默默为所爱的人整理生平资料，其初衷是想给家人后代留下一份精神遗产。曼宜阿姨的坚强表现在她能够积极地进行自我调理。读报是每天必做的事情，她订了包括《作家文摘》《北京青年报》《北京晚报》在内的数份报纸和杂志，紧跟时代脉搏，关心社会生活，还常把报纸上有趣的事情讲给我听。起初曼宜阿姨不大会用手机，可她并没有以年纪大为由放弃学习和了解新鲜事物，竟在九十岁高龄时不仅学会了使用智能手机，而且还学会了使用微信。如今，她对写微信、转发照片、用语音对话等手机功能都运用自如。

最让我佩服不已的是，曼宜阿姨年逾九旬，头脑仍然十分清醒，记忆力超好，说起话来，不论是往事还是眼前的事，都非常有条理。接触时间长了，我得知这和她常年坚持不懈地研究数独有很大关系。我还是从她那里第一次听说"数独"一词的。数独是一种非常好的智力游戏，可全面考验一个人的观察能力和逻辑思维推理能力，提高判断力和反应力，堪称训练头脑的绝佳方式。她老人家每天都抽出时间做做数独题，日积月累，现在已经达到中级水平了。她还把这一训练脑力的方法向我推荐，并把自己的数独书送给我。曼宜阿姨做事持之以恒的态度和毅力不仅令人钦佩，也为我树立了榜样。

2015 年，在写作这本小书的过程中，不知是否因劳累过度打破了生活节律，还是什么其他原因，曼宜阿姨不幸得了急性胰腺炎，住进了医院。当我到医院的急诊观察室看望她时，见她骨瘦如柴，虚弱无力地躺在病床上，心里很是着急。而她却没有悲观丧气，只平静地轻声对我说："……（书的事）今后你就多费心了。"曼宜阿姨保持平和的心态，并积极地配合医生治疗，慢慢地化险为夷，转危为安，之后就又投身到忙忙碌碌的写作和生活之中。

曼宜阿姨的豁达和开明也是我最为钦佩的。她不像有些老年人把子女牢牢"拴在身边"，不让他们出远门。她和于是之唯一的儿子于永直到现在还在为事业奔波，经常出差、出国，一走就是十天半个月，而她从未阻拦过，抱怨过，总是对儿子的工作给予最大的支持。2014年10月的一天，她在家中不慎扭伤了腰，生活暂时不能自理了。为了不拖累家人，曼宜阿姨征得了家人的同意索性搬出了家门，住进了养老机构——恭和苑，而她和于是之曾经住的房子就让给了孙子一家住。这样的事情并不是所有老人和子女都能接受的。从这件事上我看出曼宜阿姨开明的思想和豁达的心胸。

于是之给热爱戏剧和表演的人们留下了许多宝贵经验，纪念他的文章和书籍也早已有之，而今天这本小书则从另一个角度展示出一位表演艺术大家的真性情和人格魅力，使得他更加丰满，更加真实可信。"爱情的力量是无敌的"，写作这本书的最大动力就是李曼宜对于是之的爱，正是这深深的爱的支撑使这件原本以为不可能实现的事情成为现实。在这本小书付梓之际，我由衷地向曼宜阿姨表示热烈祝贺！同时，我为自己能够辅助她共同完成这一任务感到庆幸！

五年多来，我目睹了什么是相濡以沫的爱情，看到了一位高龄老人面对困难时的坚毅品格，领悟到了乐观向上、积极进取的精神，以及充满了爱的博大胸怀。因此我要真诚地感谢曼宜阿姨给了我这样的机会！借此机会，我深深祝福她老人家青春永驻，健康长寿！

2018 年 5 月

回忆父亲

于永

父亲已经去世五年了。一直想写点回忆的文字，但酝酿了很长时间，也想不好怎么写。

我出生在上世纪 50 年代，从托儿所、幼儿园、小学直到"文革"开始，都一直住校。每周六下午放学回家，周日晚上再回学校。从上小学开始记事，就知道父母都忙工作。周六晚回家，经常是父亲有演出，母亲在电台实况转播，只能自己在家玩。我们家很长一段时间就住在首都剧场后面的宿舍，吃饭在食堂。家里每年都要买一本台历，一天翻一页。三个人经常见不到面，就在台历上留言，通报自己的日程。从学校回来，自己就知道该如何度过这个周末。

小时候，周六或寒暑假我有很多时间去后台看戏。有时觉得好玩，也模仿起演戏。记得最清楚的是，父亲演的《智者千虑必有一失》里的马玛耶夫是个大胖子。父亲当时很瘦，每晚都要穿上很厚的棉服，扮演成个胖子。我看着好玩，也在肚子上绑个枕头，学着父亲的台词，在家里演戏。父亲很宽容，陪着我玩，对我从没有任何要求，由着我的兴趣来。实际上我在首都剧场住的这些年，去后台大部分的时间是去灯光间找我们的邻居霍焰叔叔，看他如何设定每场戏的灯光，以及如何在各场之间转换灯光。对台上的戏不太感兴趣。直到后来，"文革"后，《茶馆》恢复演出，一次晚上从外面回家，见戏还没有散，就进到剧场里。正好是第三幕，三个老头撒纸钱，郑榕和蓝天野叔叔下场后，就老爸一个人在台上，拿着那条腰带，缓缓地看着自己的这个茶馆，在几张茶桌间走走停停，直到慢慢地下场。不知有多长时间，台上就一个人，没有一句台词，台下观众鸦雀无声。这时，我才真正理解了父亲作为一个演员的伟大。

后来我也参加工作了。由于那时候缺电，我们工厂每周二休息，这样我便有机会在家从旁观察到父亲的一些工作。那时他负责剧本组，每个周二我的任务是到食堂打饭，然后看着他和剧本组的叔叔、阿姨们围在我们家一个小圆桌旁，一起喝着二锅头，一边议论着剧本。人艺当时很多很受欢迎的剧目都是从这个小饭桌上诞生的。后来，父亲的工作越来越忙，在外面名气也越来越大了，但在家里，他给我的印象，就是一个无限烦恼、整天发愁的人。繁杂的行政工作压得他喘不过气来，但他认真执着的秉性又让他不妥协。我记得他常说的一句话就是，当了行政领导，一个内行变成了两个外行，戏也不会演了，行政工作也没做好。父亲的烦恼对我后来的职业也有很大影响。当我有机会成为领导时，我坚决地选择了辞职，转换到更加技术性的工作岗位。

于永和父亲一起读报

在我的记忆里，父亲好像从来没有"教育"过我。我小时候，周末时，一旦他不演出，都会尽量陪我玩。我小学在甘家口，我们周日下午会去动物园，他在餐厅里读书，我自己去看动物，或是去天文馆看节目。晚饭后他再送我回学校。我成人后，在他不多的闲暇时间里，我们也是一起聊天，说说各自遇到的事，有时还会对一些不同观点激烈争论一番。

父亲虽然没有直接告诉我应该怎么做，但他对我的影响是非常大的。一个是读书。我记得他曾经感慨，说是像他这代人，无论如何也无法和郭、老、曹相比，由于"文革"，至少要比那一代人少读了十年书。多读书，读杂书，都会开拓视野。另一个是对人和社会的细微观察。他作为演员，为了体验角色，就要认真观察身边的人。小时候，有时和父亲一起出去，父亲会说"猜对面的这个人应该是干什么职业的，有什么爱好"。他还会让我过去问问是否正确。一个人在群体社会里，善于观察，体验周围人的感受，对于正确地把握自己是非常重要的。

父亲离开了，我自己也步入老年，现在还当了爷爷。感谢父亲留给我的敬畏学问、认真做事的精神，自己也算没有虚度，通过努力工作为家庭提供了良好的生活条件。我要把父亲的这种精神传给我的后代，让他们也能从中受益，并通过他们把这种家风传承下去。

2018 年 5 月

我印象中的爷爷

于昊明

从我记事起，每当有人知道我的爷爷是于是之时，总是露出各种各样的表情，或惊讶，或崇拜。而年幼时的我，并不清楚这到底是因为什么。在我的脑海里，爷爷总是坐在灯光昏暗的书房，自己一个人抽着烟，眉头紧锁。

我和爷爷最亲密的时光，应该是我上小学的最初几年。那个时候，爷爷只要有空，就会到公交车站接我放学，偶尔还会和我的小伙伴们一起踢踢球。那一刻，他手中的烟卷不见了，眉头也舒展了许多。随着电视等媒体的不断发展，每年都会有人到家中采访。渐渐地，我意识到，爷爷并不是一个普通人，他被人们称为表演艺术家、院长，按照现在的说法，是一位公众人物。在我这个小学生的心里，更多的，是对他的好奇，以及内心有这么一个名人爷爷的窃喜。

只可惜，好景不长，爷爷的身体状况越来越差，阿尔茨海默症，这个在当时恐怕连医学专业人士都不太了解的病症找上了他。慢慢地，他丧失了语言能力，甚至连身边最亲近的人也开始逐渐忘记，身体不受控制。在我成长的过程中，爷爷的健康状况越来越差。终于，在我初三的那年，奶奶为了搀扶爷爷，摔到了腰椎，两人一起住院。之后两位护工进驻，家里变成了康复中心。

出国留学时，正赶上北京人艺制作了一套光盘，是剧院一些经典剧目的录像，我带了一套《茶馆》。大一那年是我整个留学生涯中最难过的一段时间，我第一次完整地看完了《茶馆》。到最后三个老人撒纸钱的时候，我已经泪流满面，说不清是因为剧情，还是想到了当时生活已经完全不能自理的爷爷。在我的脑海里，完全无法把舞台上那个眉飞色舞的王掌柜，和家中那个病魔缠身的老人重叠在一起。

随着年龄、阅历的增长，我阅读了一些爷爷的文章，看了更多的录像，同时也接触了一些他的朋友、同事。慢慢地，我对他的了解越来越多，也终于开始理解为什么当很多人听到我是于是之的孙子时，会露出那样的表情。在那个几乎没有电视节目、电影也只是少数人的福利的年代，作为一名话剧演员，能够给大众留下如此深刻的印象是极不容易的。同时在他任院长期间，还组织剧作家写了不少好戏并安排上演，为剧院做出了巨大的贡献。

爷爷已经去世五年多了，我最大的遗憾就是没能有机会在现场看到他的表演。今年北京人艺复排《洋麻将》，邀请我们全家去看戏，在剧场里、灯光下，濮存昕的五官在我眼中渐渐模糊，我仿佛看到了爷爷在台上演绎着那一手又一手的扑克。

2018 年 5 月 22 日

爷爷和孙子在一起特别高兴

于昊明去医院看望正在住院检查的爷爷

爷爷指导于昊明画脸谱

附录二

筹拍《赤壁大战》的演员日记

1984 年 11 月 15 日

到沪。

下午座谈庆祝厂庆，晚，电影未看，先读剧本。

读的想象，先就朦胧。怎么表现，虽也边读边想到一点，但自己也觉不是。还远远没钻到那个时代中去，那人的心里去。有趣的是：又很喜欢那个性格，那个人。

欣赏剧本是一回事，自己去演就是另一回事。有时还未必真理解（创造与一般欣赏的距离）。不钻到那人心里去，不看见那个人是不行的。

11 月 16 日

与梁信谈角色。

"一代苦主"——（胡耀邦 12 日信）

"此次南征殚思竭虑"。早已修玄武湖练兵。

以上两句甚重要，特别是第一句。总有意无意地想迁就些对操的传统观点。索性彻底"对着干"，这才是真正的曹孟德！

11月18日

下午与梁信谈。

曹操的阶梯，越失败越高大。多少阶梯分清楚，但越失败架儿越高。

丞相与常人的统一。

曹操脑子里没框框，就信他自己。

11月20日

《武帝纪》已读了一遍，今天开始读曹操诗文。

现在距摸到曹操的心还很远。泛读中总想找到些突破口，可以钻进去，但可遇不可期，还是要多读多思。

作诗不落时文、前人窠白；作战自有兵法（"自作兵书十余万言"）；做人不拘小节，宽宏博大，自信心强。

11月21日

继续读曹诗。

对统一大业的求成之心，对征战的残酷的痛苦与疲乏……

曹操终于未竟统一大业，骄傲是（主要）原因吗？

孙盛《异同杂语》："太祖博览群书，特好兵法，钞集诸家兵法，名曰《接要》。又注《孙武》十三篇，皆传于世。"

11月22日

曹诗初读毕。

鲁迅先生用"通脱"形容他的诗作，极好。唯"通"乃能

"脱"，不仅作诗，连他的做人，都是"通脱"的。"想写的便写出来！""想办的便办出来！""想干的便干出来！"

操脸上可否有伤痕？我以为会有，或不在脸上？

11月23日

黄盖诈降场，勿写完军令自读欣赏，而是边思边书边处理诈降事。

今起练剑，学了三式。

11月26日

曹操诗、文，接近读完。可以感到些这人，与读剧本时无大异，还需深究。且欲借鲁迅论《魏晋风度及文章与药及酒之关系》文及一本较好的通史读之（接近 Marxism 的）。要知其所以，然后乃得高屋建瓴之势，以俯瞰孟德。

今日练剑，老师未在。明下午 2：30 第三次习剑。

到底是怎样的一些表现，使人尽知其"不信天命之说"。"不信天命"除"天子承天命"外，还有些什么内容？表现？"不信天命"当是其世界观之根。（当然不能简单化为其一举一动皆"不信天命"）但必将由此派生其他。兵书战术、谋略；用人，敢用亦复敢诛，不是无情；有大志；开一代文风；作文与做人。但，这一切的历史、社会依据，需读今人书，参考之。

11月28日

上午学剑。

当时欲成王霸之业者，不少。袁氏兄弟是，还有些不知名者；另，黄巾一定意义上，亦然。操嘱人告王立之言，甚可玩味："吾之汝之忠于王室，然天道深远，幸勿多言。"

——好一个"天道深远"，"幸勿多言"亦妙。

六十出头，还要亲征，何也！——命世之才，舍我其谁！统一大业，秦皇汉武而后，其我钦！！大丈夫当如是也！！

在曹操的失败中，写曹操的英雄。——须解决此矛盾。

11月29日

今上午又习剑，至"探海"平衡，不得。

昨今读鲁迅、范文澜书。史料多读，要尊重，而不可陷于其中。《武帝纪》正读第三遍，再读无妨。目的在于消化书上的孟德，变成我的孟德。越读得多，想象越易丰富，在字里行间将有一个孟德于自我心中涌起。我需有我的孟德传。

何颙等何以预见操为"命世之材"？出身微贱，又逢乱世，——易读杂书，"独立思考"。

11月30日

鲁迅《而已集》中《魏晋风度及文章与药及酒之关系》论曹操至精当，可购单行本。

今上午又习剑，"探海""望月"，做不易。

12月1日

又读《武帝纪》。第54页〔注二〕写曹操临战状态极好。

（李注：是之在注二的有些段落中加划了红线，现将其摘录如下："与虏对陈，意思安闲，如不欲战，然及至决机乘胜，气势盈溢，故每战必克，军无幸胜。""御军三十余年，手不舍书，昼则讲武策，夜则思经传，登高必赋，及造新诗，被之管弦，皆成乐章。才力绝人，手射飞鸟，躬擒猛兽，尝于南皮一日射雉获六十三头。及造作宫室，缮治器械，无不为之法则，皆尽其意。雅性节俭，不好华丽，后宫衣不锦绣，侍御履不二采，帷帐屏风，坏则补纳，茵蓐取温，无有缘饰。攻城拔邑，得美丽之物，则悉以赐有功，勋劳宜赏，不吝千金，无功望施，分毫不与，四方献御，与群下共之。常以送终之制，袭称之数，繁而无益，俗又过之，故预自制终亡衣服，四箧而已。"）

继续摘读《魏书》：卞后；董卓，读了可知当时动乱之态。

汉祚已终，无可救了。是个混乱、恐怖、黑暗的时期，国之将亡的时期，英雄振臂一呼的时刻，厉兵秣马以争雄的时刻，有本事的人倒少了桎梏。

12月4日

今晨学剑极累。

继续摘读《三国志》。荀彧以操与绍对比，虽有谀词，终非虚枉也。

毛玠策佳，竟为流言所伤。

12月8日

昨日剑（的轮廓）已学完。今起复习，纠正姿势。

《魏书》摘读一遍讫。

曹公，是一位一改东汉旧风习之伟人。不信天命，包括汉学中之经学、繁琐考证……曹公，一代天骄，抑制豪强，刘表、袁氏之流，不能望其项背。刘表为曹所灭，必然。晋之灭魏，可以说是一次对曹操思想、政治的复辟。要读两汉魏晋史，知曹在历史上的地位。

当时的"非常之人，超世之杰"，是要有点离经叛道的精神的。于是乃众说纷纭，褒贬悬殊。不是一个普通的性格。

12 月 12 日

突然想起了马兰山，山东大汉、英气、霸气、军人气。马兰山的步态，也似极有用。我可以感觉得到他。胸、腰、常年的部队生活，特有的挺拔感。

谢晋（考虑这部电影）：长度问题；不知三国者要能看懂；共鸣问题，哪些戏、人能唤起共鸣（青年、全世界）。

12 月 16 日

演员之最要紧的是建立自信，追求"我就是"。现在看剧本，前三章尚少有此感觉。对规定情景，对时代的体验，是极要紧的。

最近读了些书，还将继续读。但目前多的还是知识，不大常能设身处地地体验。

12 月 17 日

上午练剑，下午仍读剧本。

孙坚——孙策（伯符）与孙权的关系，普通观众不易解。上集节奏、情节安排吸引人，或有小调整。共鸣，什么样的共鸣？

12月18日

上午读剧本，横槊赋诗部分，哭了。

找医生问"头风病"。《三国志》卷29，华佗"太祖闻而召陀，陀常在左右。太祖苦头风，每发，心乱目眩，陀针鬲，随手而差"。

《武帝纪》（《三国志》卷1）

P7"太祖为流矢所中，所乘马被创，从弟洪以马与太祖，得夜遁去。"（与卓将徐荣战）

P11"青州兵奔，太祖陈乱，驰突火出，坠马，烧左手掌。司马楼异扶太祖上马，遂引去。"（与吕布战）

P14"公与战，军败，为流矢所中，长子昂、弟子安民遇害。"《魏书》注曰："公所乘马名绝影，为流矢所中，伤颊及足，并中公右臂。"（与张绣战）

吾不信天命之说＝有一双一切都看得透彻的眼睛。（不是聪明外露的，而是看透事的，视重若轻的。）因此，并不常做剑拔弩张之势。很松弛，旷达的。

12月19日

接家书，有搬家讯。

12 月 20 日至 23 日

去亳。Outline

a, 张辽墓 b, 操点将台（以上在合肥）c, 阿瞒－原意, 沿用原因。d, "不信天命"思想求源 e, 野史、轶闻 f, "苦头风"、"华佗针鬲", 何症状? g, 遗迹 h, 徐州俑 l, Phonetique j, 县史、县志（请教家乡父老）

12 月 21 日

又要当婊子, 又要立牌坊是不行的。这意思曹操明白, 但他该"立牌坊"时也立一立, 可他的真心, 是索性当婊子。非此不足以解决问题。——这就是操之"通脱"。

12 月 23 日

晨出发, 上午抵合肥。

12 月 24 日

两日来, 蒙接待。

"曹公教弩台尚在, 吴主飞骑骄难寻"——对联隐含褒曹之意, 全省所罕见。

下午座谈, 讲了一通（我）。

曹修渠至鸡鸣山, 受阻（自然原因）。迄今该渠被农民称为曹操河。

恐怕再没有一个省份, 对孟德持如安徽这样的公正的歌颂的态度（亳县原也贬）。担心操对女侍儿情节为本乡所恶。

明日经阜阳至亳。

12 月 25 日

上午自合肥至阜阳，被留。明日去亳县，下午与地区话剧团会。

12 月 26 日

至亳县。（与颜语谈）

头风：三叉神经疼。

汉竹简，用漆，性粘。竹凸，不吸墨。漆用多则浮，近乎隶，较之竖，起笔细，落笔粗（生漆）。《书法》杂志登载较多，阜阳汝阴吴墓汉简正整理。曹操写令不在竹上，在帛上，学张迁碑。花戏楼汉砖，字可学（曹氏家族墓出现的）。

"衮雪"（按：曹操西征汉中时，写在褒城石门上的）。

阿瞒，瞒，憨而已，或挑皮。

不信天命：涡河有一处漩涡，传说有水怪，都不敢下，操即敢下，说去斩妖。扒神祠。——他所以能统一北国，人生观正确、应变。

非常之人：三十三岁，第一次回谯，是急流勇退。"筑精舍"——在洋河岸边，人马不能进，最背。在这里大面积陈兵屯田，城东西各筑观稼台。有很多练兵之地，北曹关、斗武营，均练兵之处，旁尚有饮马坑。北门有拦马墙，因北关外涡河在焉。

家住魏武故里（距华佗营四五里），有一大片古建筑群，有故宅，曹丕时建武帝庙，又盖大飨堂，立大飨碑。碑，石城三座。曹植撰文，大宴父老。

定亳为陪都。后明帝又建文帝庙。现存文帝庙基，尚有大银杏树两棵（宋、明）。宋真宗吊文帝庙，写《殿帐记》（县志有）。曹氏家族墓（一、二号）。

二号墓完整。曹献（女）墓可信，有印存，还有未发掘者二。另有薛家坟堆，疑也是曹家。涡河，有水操台。汉墓群东，有八角台，亦阅兵、奖励将士、练兵处。隐兵道（疑兵道）：抗战时发现，解放后四面都发现，双道亦见，中隔墙，有洞。砖皆小，有人说是宋。元代大将张柔守亳，破坏文武帝庙。修城。这种道许昌亦有发现。

偶然机遇在古谯郡看了申凤梅《收姜维》，六场戏，前五场青年演员演，最后《收姜维》一折，申凤梅上，闭幕后观众不走。——三国戏百看不厌，连我也是受吸引的。另，赵云已老，败于姜维，魏延讽刺，诸葛处理，观众共鸣。——就是已经大约知道故事的，也乐于看这故事某剧种、某人是怎么演的。

到阜阳后感到中原人的一点性格，直爽而不愚鲁。此地县志有云："民敦讼减"。

晚，看戏归，读杨明同志（亳县文联主席）《曹操》稿。"他的书法造诣也很深，自成一家。章草雄逸绝伦，仅亚于张芝、张昶""文章与蔡邕、桓谭齐名""围棋和当时名手王九真、郭凯相敌""曹操广交各种人物""天下大乱，应先除袁绍、袁术"。

12月27日

与阎璞同志谈。

只郭嘉一人谏曹先征乌丸。

下南方，蒯越、王粲先作了刘琮的工作，琮乃降。

赤壁之败：a，一举得胜得乌丸。b，降荆州之顺，有荆州兵。c，对孙刘联盟估计不足。d，不知己，不知彼。e，瘟疫，曹兵病于瘟疫有70%多，有子劝曹撤，曹不同意。（哭郭嘉）

玄武池练兵在磁县，有讲武城，有砖堆在焉。

思想基础：不信天命；信天命，不敢这么干。

传说涡河有蛟，操十岁时不惧。

曹腾，四世为官，中常侍大长秋（宦官头）。

操儿时在京城长大，年二十，举孝廉为郎，除洛阳北部尉，后迁顿丘令。因受堂妹夫株连，从坐免官，后为议郎。

董卓之乱，卓拜操为骁骑校尉，操以卓终必败，遂不就拜，化装经中牟回亳。相传操三十岁时，灵帝派其出任济南国相，为救灾，扒祠堂，得罪于宦官，再次称病辞官，回归故里。三十一岁时，在亳得子曹丕。

操非士族出身，豪族中之士都看不起他。

操诙谐；敢于失败，是其很大特点；操诗多表达"壮志未已"。

孙权、诸葛小他二十七岁，因此他总是"去日苦多"，忧在不活。

游仙诗，反映曹操思想，驰骋，与其他诗通。

征服乌丸后，宴征前反对者，了不起，今日观之亦不易。

官渡战胜后，烧掉私通袁绍书信（缴获的）。

用陈琳，"何必骂我祖宗！"

不杀袁谭之士王修，并重用之，称为义士（王修要哭葬谭）。

杀孔融、杨修，政治需要。

授荀彧空盒……（传说）。

操不宜发汗（因汗而死），操枕水睡觉。

"多疑"，实为政敌多，警惕性高。

晚，继续读杨明同志长文。

陈琳，初从袁绍，曾为袁绍撰写讨曹檄文。檄文中有"赘阉遗丑"，还侮辱他的祖父和父亲。操平袁绍，陈琳表示降服，操不念旧恶，"过去的事算了"。"魏种"。

《三国志·武帝纪》裴注："当绍之强，孤犹不能自保，而况众人乎"，将部众给袁绍信全部销毁。

亳县至今歌谣："东观稼，西观稼，两处高台富天下。"操见一老汉坐在田中高台子上，乃建观稼台。

《全唐文》《李世民祭魏太祖文》

Ponder：要全读《三国志》，至少是《魏书》全部。

12月28日

继续读杨明同志长文。

曹植《武帝诔》称父"既总庶政，兼览儒林，躬著雅颂，被之琴瑟"。

《诗品》："曹公古直，甚有悲凉之句。"

"外定武功，内兴文学。"（荀彧传引魏氏春秋）

"建安文学，革易前型，迁蜕之由，可得而说：两汉之

世，户习七经，虽及子家，必缘经术。魏武治国，颇杂刑名，文体因之，渐趋清峻。"（刘师培《中国古文学史讲义》）

"观其时文，雅好慷慨，良由世积乱离，风衰俗怨，并志深而笔长，故梗概而多气也。"（《文心雕龙·时序》）

《典略》："琳作诸书及檄，草成呈太祖。太祖先苦头风，是日疾发，卧读琳所作，翕然而起曰：'此愈我病。'数加厚赐。"

《宋书·乐志》："相和汉旧曲也，丝竹更相和，执节者歌。""但歌四曲，出自汉世，无弦节，作伎最先一人唱，三人和，魏武帝尤好之。"

"闻卿年出百岁，而体力不衰，耳目聪明，颜色和悦，此盛事也。所服食施行导引，可得闻乎？若有所传，想可密示封内。"（孙思邈《千金要方》）

清，史论家赵翼称操有用人之才，甚至能于"度外用人"，但却是以"权术相驭""以前之度时用人，出于矫伪，为济一时之用"——这个旧观念要注意，剧本中有此病。

《亳州志》《帐殿记》宋真宗敕修武帝庙。

（曹操吟诗、作歌，如何表现？问阎璞）

（睡水枕，呕吐，不用铜器，何病？问阎璞、颜语）

读阎璞同志文。

《观沧海》的分析；昼携壮士破坚阵，夜接词人赋华屋。

《操的文治与诗》；官渡战后，从袁那里查出部下与袁私通书信，全部焚毁；陈琳替写檄文骂操，重用；诛袁谭后的王修，哭求葬谭，称义士，重用；北征乌丸，多数反对，得胜归来，同时奖赏反对他的人。

Ponder：读《精列》如何？不信天命。

《操的历史评价问题》。

杨修事在《陈思王传》中。

《宋书》："汉以后天下送死奢靡，多作兽、石室、碑铭等物。建安十年，魏武以天下凋敝，下令不得厚葬，又禁立碑。"

考虑以下日程：遗迹（29日下午）；汉砖临摹（30日上午）；与阎璞同志再请教：吟诗、音乐、头风呕吐、逆气病；还杨明同志著作，听传说，未出版的；31日下午文联谈；向韩科长交代电报（地点、电文）；读县志（元旦）《亳州志》。

花戏楼：建筑可取。"大战（站）龟腿"。

12月29日

对孟德，不能再丑化他；但也不必去美化他。（他自有他的美了。）

阎璞同志谈：逆气病，忌汗，不能发汗，看来与头风是一种病。水枕头、早着帻，也都是一种病。

下午访曹氏墓、曹源大队、曹氏故里。

12月30日

上午看拦马墙、饮马坑。下午李灿同志来。

曹操高血压，官渡之战似已发作。华佗死于公元208年，建安十三年。

涡河，邺玄武池督练水军。（殚思竭虑）

观稼台、北曹寺，涡阳之北高炉，有曹兵工厂。现民间仍称打大件铁器叫高炉（鼓风炉）；打小件的叫低炉（地炉），低炉不盈尺。

"流矢所中"，矢当然是箭，但东汉已有火箭。

群众吃桑葚过冬，或桑葚晾干过冬。

曹操深刻处，就是不称帝。唯此才能统一天下，此曹之最高处。

操文中无儒无道。（不信天命）

曹氏故里牌子竖错了地方。现涡河岸中有一段地下一米深左右处已露，汉砖瓦土层，按记载可能是的。

已发现东汉有半市尺多直径的螺旋桨，四叶片，铜制。

Ponder：要为曹操摆上应有的历史地位。李后主都比他名大，操堪比秦始皇。秦皇、汉武、孟德，可以这么"论资"排辈吗？

夜读：

《大飨碑文》曹植。

《亳州志》：魏武帝庙……宋真宗（信道，拜李耳来的）敕修，乾兴（真宗最后一个年号）元年复修，今废，有帐殿记。碑成于宋天圣元年（仁宗即位改元天圣，1023年）记曰：谯东有祠，巍然宅于衍之上者，粤魏武帝之祠钦。呜呼，帝实此土人，始以诸生去仕为吏，则图大略，雄伟不世之量，属炎运衰息，皇纲紊绝，海内震扰，群雄并争，帝于时得乘机奋策，啸咤驰骛乎其间，用能建休功，定中土垂光显盛大之业于来世焉。当帝之争伐出，袁绍父子据兵河朔，吴权蜀备，内窥中夏，帝挟持汉室，抗力三方，慷慨兴言，则失彼七箸，从容计事，则走入头颅，卒灭袁而沮备之强者，惟帝之雄，使天济其勇，尚延好年之位，得徐图成败，其伐谋制胜，料敌应变之下，岂江吴庸蜀不足平哉。至今千年，下（?）有观其书，犹震惕耳目，耸动毛发，使人凛其余风遗烈，短谯之旧邦，祠堂在目，相貌如生，里人事之，敢不祗畏。前代帝王莫不皆有祠庙，秦汉以还，首事之主，得庙祀乡里事著于时者，继高祖之于丰沛，光武之于南阳，庙相咸存，盛德弗泯，其次则谯庙也。果然有丰沛南阳之迹焉。此三君者，皆由微时仁恩长者，为乡里人所爱，后思怀其德，共相葬祀之，遂得于今不息也。真宗皇帝车驾有事于亳之岁，诏增帝故庙而新之……天圣元年二月宋颍为文学椽穆修撰。（真宗信道家，亳郡亦李耳故居）

《临涡赋》（建安十八年至谯，余弟兄从上拜坟墓，遂乘马游观，经东园，遵涡水，相伴乎高树之下，驻马书鞭，作临涡之赋）："荫高树兮曲涡，微风起兮水增波，鱼颉颃兮鸟逶迤，雌雄鸣兮声相和，萍藻生兮散茎柯，春水繁兮发丹华。"

12月31日

晚，阎璞同志谈梁信剧本。

写得不错，作者水平不错，战争写得细。值得研究的问题：

没有脱离《三国演义》窠臼，指导思想、基本情节都来于此。由于作者想避《三国演义》，删了舌战群儒，因之孙刘联盟未说清楚，不说服主和派，不击败，就不可实现联盟。

总的倾向，不管作者主观意图如何，仍是突出诸葛、周瑜，颂吴蜀，折曹，客观效果如此。

能表现操性格处太少，有些地方把操写得很蠢，赤壁鏖兵，写操为英雄，没表现出来。东风起，烧船，操动作如何？一见黄盖过来，明白了，不只一步棋，应预料二、三、四步棋，曹肯定要想到的。

语言现代化。（铅笔划出）

"刘备表刘琦为荆州牧"，给谁上表？给操上表？周瑜能信吗？（《三国演义》处理还可以）暂时联盟，东风一起，瑜去杀亮。曹一败，亮即主要之敌。

上集98节6章，下集126节7章，共224节。长坂、当阳，不要。操至新野，备逃夏口，曹战荆州。孙刘联盟是重点。如现在所写，蜀与吴谈判无资本。（又加了一万精兵，这样才能势均力敌，但前边已经败得狼狈。）曹追刘，过分渲染，后边反不合理。

主和派："降汉不降曹"，不合理。当时不管哪个势力，都打汉旗号。说"降汉不降曹"，是反动的，正暴露自己把曹汉分开（对汉不忠）。孙刘都认为操"明为汉相，实为汉贼"。谁都打拥汉旗号。

亮说服瑜，关键是两封信，不可信，表现了操太蠢。"舌战群儒"是讲道理。杀女侍无意义；看着光腚丞相，亦同。操写得不像英雄，没有摆脱《三国演义》，还没那好，《演义》令人口服心服。

阎看法：重点写争荆州，赤壁失利勿着笔太多。梁鹄、蒯越、蔡家十五人封侯。"不喜得荆州，喜得蒯异度耳"（见"下荆州书"）。学文王，顶多称周文王。操聪明，自不称帝。屯新野后，很长时间，荆州并不缺粮。压缩为一集，突出加强荆州为重点，叫《下荆州》，赤壁结尾，失败亦可。

1985 年元旦

在亳县。

上午晤八十一岁老中医杨秋鹏，请教老人曹病事。老人云"头风"：全头疼。用脑过度，妻妾多。天气热，热急生风。又讲得病之外因：风寒暑湿燥火；内因：喜－心、怒－肝、忧－脾、思－胃、悲－肺、恐－肾、惊－胆（七情）。

中午县领导宴。晚，看豫剧一团拷红、推磨。喜剧角色都演得太使劲，反而无趣。

1 月 2 日

李景琦同志上午谈。

唐太宗有祭曹孟德文（《全唐文》），南宋以后才贬曹。见杜甫夸曹霸诗（《丹青引赠曹将军霸》）。

南宋正统观念，偏安，以至于元，都受异族统治，乃尊汉贬曹。《演义》产于元末明初，也是崇汉，不是汉朝，意已含汉族。

《曹子建集》《辩道论》诗文全集"风流"三解：能冲锋陷阵，驰骋沙场；能诗能赋，儒雅风流；柔情似水，儿女情长。《资治通鉴》这段必读。

元旦以来，丞相（我自称）苦头风二日矣，右侧。

1月3日

晨食牛黄降压丸，头风中午愈，多日未食。

杨明同志谈对剧本的意见：

本子不错，基本上是《三国演义》。

人物：三主角都当作正面人物塑造的，但气质表达不够。

操：现似行伍出身的军人，褒的不准。开头那些场面，奸诈狡猾之贬，只能用于对敌。杀侍女、杀李戒。杀蔡瑁原因应是节气问题，蔡贻误战机，曹乃杀蔡。曹操应对粮秣、瘟疫……要有预见。戒虽献头，感到牵强。是败仗的英雄，看出来了，但不宜过。无所谓，回去大宴，就阿Q精神了。语言，前后不太统一，有的过于粗俗，必要时说一两句可以，尽这样用不行了。不太精彩，哲理性、文学性不足。作者以曹作为主要人物写的，到底应如何写？

周瑜：亦不太理想，亦未脱离《三国演义》。这个人看上去很不成熟。诸葛听十面埋伏而流泪，周瑜要杀亮，不自然。仗还未打，先杀人，不可。即或放火、东风，亦未必准胜。

亮：还可以，没很好考虑。

备、权：感到是窝囊废。孙尚香结婚，突然无准备，为何去成亲？交代不够。

三女性给人印象。还是从史实上考虑。

这个曹操不比华佗与曹操的形象好。光腚睡觉，没必要。

读曹植《辩道论》（一篇破除迷信的文章）："世有方士，吾王悉招致。……本所以集之于魏国者，诚恐此人之徒，接奸诡（或宄）以欺众，行妖恶以惑民，故聚而禁之也。岂复欲观神仙于瀛洲，求安期于边海，释金辂而顾云舆，弃文骥而求飞龙哉。自家王与太子及余兄弟，咸以为调笑，不信之矣。"

读阎璞《孙子兵法曹注译注》《九变篇》孙："智者之虑，必杂于利害。"曹注："在利思害，在害思利"才能"当难行权"。

"庙算"：古时拜将出征，先在宗庙里举行仪式，并讨论作战计划，所以称作战计划为庙算。

"革车"：辎重车。"言万骑之重也"：说的是供一万骑兵用的辎重车。"其用战也胜"：这么庞大的军队，就要速胜。

"久暴师"：军队长期在外作战。

"不再籍"：兵不再征集。

"粮不三载"：不多次运粮。

"薏秆"：饲草。

"兵犹火也，不戢将自焚"：不戢，控制不住。

《谋攻篇》

"郭"：外城。"全"：全胜。

"故不顿而利可全"：顿，受挫。

"三术为正（3/5），二术为奇（2/5）"。"虞"：准备。

《形篇》

"故其战胜不忒"：因为其取胜是无疑的。

"数生称"之"称"：衡量对比。

"镒"：24两；"铢"：24铢为1两。

《势篇》

"节也"之"节"，有节奏意。

"专任权也"：专门靠权变。

于是之年表

1927 年

7 月 9 日　生于唐山，原籍天津，乳名唐生，学名于晶，号皋如。约百日丧父。周岁随母亲迁京，与寡居的祖母同住在南长街老爷庙。把名字唐生改为京赶。

1932 年

9 月至 1935 年 7 月　在私立立容小学读完三年级。约在入学不久因原学名的"晶"字较冷僻，改名为于淼。

1935 年

9 月至 1938 年 1 月　转入孔德小学四年级，读到六年级第一学期。因搬家迁至西单椿树胡同，又一次转学。

1938 年

2 月至 7 月　转入北师附小（即今宏庙小学）六年级，至毕业。

9 月至 1942 年 7 月　考入师大附中，读到初中毕业（初一留级一年）。

1942 年

9 月至 12 月　考入外国语学校，学日语。不到一学期，因家贫无力继续学习，辍学。

1943 年

1 月至 4 月　在家赋闲，由朋友带去辅仁大学"旁听"文学课。

4 月至 9 月　在北平华北电信电话株式会社的一个日本仓库做"华人佣工"。

9 月至 1945 年 7 月　在北平华北统税总局工作，任文书。与此同时，考入中法汉学研究所学习法文，晚上上课。

1944 年夏

第一次参加业余演戏。在辅仁大学的学生濮思温、邰珠芬等组织的沙龙剧团中演出了话剧《牛大王》（法国剧本），于是之饰演牛大王。

1945 年

7 月　考入北京大学西语系法文组。

10 月至次年 3 月　抗战胜利后，再一次失业，失学，赋闲在家。同年初冬，由四舅石诚（石挥的弟弟）介绍，参加了"祖国剧团"——一个由地下党支持和领导的进步团体，并且是半职业性的。先后演了两出戏《蜕变》和《以身作则》。剧团因经费问题，被迫暂时中断活动。

1946 年

4月至12月　经"祖国剧团"陈平介绍,去天津参加一职业剧团——新世纪剧艺社,正式成为一名职业演员,改名于是之。在这里共演出了四个戏:《孔雀胆》《升官图》《黑字二十八》及《草木皆兵》。

同年夏,"新世纪"办不下去了。该剧艺社的老板打着"平津话剧复兴运动"的名义,请来北京的"南北剧社"继续演出。于是之在这里演出的剧目有:《称心如意》《豆蔻年华》《浮生六记》《疯狂奇谭》和《缓期还债》。至同年冬,因剧社上座不佳,解散了。于是之再次失业回到北京。

1947 年

年初　在一木材厂学管账,时间不长。主要生活来源仍是靠临时在各处演戏。春节前后,由石诚介绍去唐若青剧团演了几天戏,剧目是《葡萄美酒夜光杯》。也曾在前门外"凤凰厅"小剧场演文明话剧。有一个剧目是《张汶祥刺马》。这都是演一天戏拿一天钱。

3月　生活无奈,只好参加了傅作义部队的"张垣绥署政工队",去了张家口。先演了一个法国剧本,又演了一个戏,叫《孤岛春秋》。

4月　因右腿半月板积水,走不了路,请假回京养病。

5月　同事通知,于是之已被调到当地的演剧二十三队,应速回,否则就停发工资。在二十三队先后演出了《国家至上》和《洞房花烛夜》等戏。

8月至9月　在地下党的朋友帮助下,离队回到北京,临时被安排在"天鸥剧团",演出了《家》。

10月至次年2月　加入了由焦菊隐先生主持的"北平艺术馆"，先后演出了《上海屋檐下》和《大团圆》。此后艺术馆宣布解散。

1948 年

3月　由朋友的安排，在金山（地下党）负责的清华影片公司北平办事处工作，任职员。

11月26日　唯一的亲人——母亲因食道癌去世。

同年，在《新民报》由马彦祥主编的副刊上发表文章《看"青山翠谷"》《彳亍在灰暗里的人——读〈我的音乐生活〉》；在《北方日报》上发表了独幕剧《煤气灯下》。

1949 年

2月　北平解放后，参加了华北人民文工团。在此前后，曾在《北方日报》上发表了两篇文章：《故事片与新闻片》《在病中站起来》。

5月至7月　排演并演出了歌剧《硫磺厂》，话剧《前程万里》。

10月1日至21日　随文工团参加开国大典。随后开始下厂、矿演出，先后去了铁路局，新华印刷厂，仁立地毯厂，门头沟煤矿，西山矿，城子矿，石景山炼铁厂及石景山发电厂等处。演出的节目有：腰鼓，大秧歌，合唱，小话剧《老王的胜利》《前程万里》等。

11月初　鼠疫流行。临时组织防疫宣传队，于是之为领导之一，带队上街演出，并自编了街头戏等节目。

11月12日　正式被批准为新民主主义青年团团员。

11月14日　苏联话剧《莫斯科性格》建组，开始排戏。

于是之饰演青年历史学者维克多。

1950 年

1 月 1 日　华北人民文工团改名为北京人民艺术剧院，并在中山公园举行了隆重的建院大会。建院后，于是之被任命为话剧队副队长。

2 月至 3 月 19 日　演出了《莫斯科性格》。

3 月 22 日　于是之与李曼宜结婚。

5 月至 6 月 1 日　去长辛店工厂体验生活。

6 月至 8 月　排练，演出了话剧《胜利列车》。扮演一木工师傅。

7 月　当选为青年团全院支部委员，话剧队分支书记。

下半年　准备排演老舍的《龙须沟》，于是之扮演鼓书艺人程疯子。去天桥等处体验生活。写有《程疯子传》。

1951 年

2 月　《龙须沟》正式公演。因成功塑造了程疯子的形象，得到北京市文联的奖励。

3 月　接到要在歌剧《长征》中扮演毛泽东的任务，开始认真准备角色。

7 月 15 日　参加北京市青年代表大会，被选为主席团成员及执行委员。

8 月 1 日　歌剧《长征》正式公演。先在青年宫演出，9 月后改在中山公园音乐堂演出。

11 月至次年 3 月　去湖南参加土改。

1952 年

4 月至 5 月　参加新北京人民艺术剧院座谈并研究建院筹备工作。

6 月 12 日　北京人民艺术剧院正式成立。7 月，第一次院务（扩大）会议确定，于是之以"有代表性的演员身份"参加院务会议。

6 月 17 日　开始参加北京电影制片厂拍摄的电影《龙须沟》，扮演程疯子。

12 月 31 日　被批准为中国共产党候补党员。

同年　当选为全国青联委员会委员。

1953 年

2 月至 3 月　赶排并演出了小戏《夫妻之间》，扮演张德山。

4 月 17 日至 4 月 25 日　由于是之任领队，赴官厅水库演出《夫妻之间》《麦收之前》等独幕剧。

5 月 19 日至 6 月 16 日　于是之带队去团河、人民印刷厂、航空学院、清华大学及京郊基建工地演出《夫妻之间》《赵小兰》等独幕剧。

8 月以后　复排《龙须沟》，扮演程疯子。

11 月 13 日至 29 日　《龙须沟》公演。

12 月 17 日至 29 日　随《龙须沟》剧组先后去人民印刷厂及琉璃河水泥厂演出。

1954 年

1 月 14 日　被批准为中共正式党员。

2 月 28 日　得一子名于永。

3月 准备排演《雷雨》，扮演周萍。

6月30日至9月1日 《雷雨》第一轮演出。

8月至9月 重排《龙须沟》并演出。

1955 年

2月 重排《雷雨》。

3月至5月 有三轮《雷雨》演出。

6月 开始准备《青年突击队》，扮演队长刘海青。

1956 年

2月 演出《青年突击队》。

6月 为纪念高尔基逝世二十周年，排练并演出了高尔基创作的《耶戈尔·布雷乔夫和其他的人们》，扮演兹奉佐夫。

11月 演出了《日出》，扮演李石清。

还复演了《龙须沟》和《雷雨》。

1957 年

1月至2月 排练并演出了《虎符》，扮演信陵君。

8月 演出了《名优之死》，扮演左宝奎。

9月 演出了《骆驼祥子》，扮演车夫老马。

11月 苏联十月革命四十周年，演出了《带枪的人》，扮演一苏联士兵。

本年度 还复演了《日出》和《雷雨》。

1958 年

3月至7月 演出了《茶馆》，扮演王利发。

8月 与焦菊隐、刁光覃合作编写了话剧《百炼成钢》。

同年　还演出了《智取威虎山》，扮演栾警尉；

《关汉卿》，扮演王和卿；

《红旗飘飘》，扮演林书记；

《烈火红心》，扮演杨明才；

还复演了《骆驼祥子》和《日出》。

1959 年

2 月至 3 月　排练并演出了《女店员》，扮演宋爷爷。

6 月以后　被借调到北京电影制片厂拍摄影片《青春之歌》，扮演余永泽。

7 月　在剧院全体党员大会上被选为党委委员。

1960 年

1 月　演出了契诃夫的《三姐妹》，扮演威尔什宁。

2 月至 4 月　被借调到中国儿童艺术剧院，演出了《以革命的名义》，扮演捷尔仁斯基。

临时去北京电影制片厂拍摄影片《为了六十一个阶级弟兄》，扮演药店售货员。

与英若诚等创作了反映街道生活的话剧《花开遍地万户香》。

5 月　去北京电影制片厂拍摄舞台艺术片《以革命的名义》，扮演捷尔仁斯基。

8 月　党委决定派梅阡、于是之协助曹禺院长创作《胆剑篇》。10 月完成初稿。

11 月　被借调到上海电影制片厂，参加电影《鲁迅传》的筹拍工作，至次年 4 月返京。

1961 年

4 月　与周瑞祥赶写剧院三年总结。

演出了《名优之死》，扮演左宝奎。

5 月至 10 月　参与了拟定剧院的各项规章制度。

11 月　与赵起扬同志赴沪继续研究三年总结、1962 年规划及远景规划设想等。

在《北京文艺》第 11 期，发表了文章《演员创造中的"我"和"他"》。

12 月至次年 1 月　随市委工作组去密云参加整社。

1962 年

8 月　演出了《智者千虑必有一失》，扮演马玛耶夫。

9 月　为排《红色宣传员》，去朝鲜民主主义人民共和国体验生活。

12 月 29 日　《红色宣传员》正式公演，扮演崔振武。

1963 年

1 月　演出《红色宣传员》。

2 月　出席北京市文学艺术工作者第三次代表大会。

4 月　演出复排的《茶馆》，扮演王利发。

8 月　演出复排的《关汉卿》，扮演王和卿。

10 月 15 日至 11 月 16 日　由于是之等带队去门头沟斋堂公社参加"四清"。

12 月　人艺剧院党委会改选，于是之仍被选为党委委员。

1964 年

1 月　为创作一反映矿山的剧本，去门头沟京西矿务局搜集材料，2 月返回剧院。

4 月至 9 月　先后去京西安家滩煤矿、徐州贾汪煤矿等地深入生活。

5 月至 9 月　完成剧本初稿，定名为《矿山兄弟》。

1965 年

1 月　继续修改《矿山兄弟》剧本。

8 月至 10 月　参与写越南抗美英雄阮文追剧本的改编、修改。该戏定名为《像他那样生活》。

11 月　演出了《像他那样生活》，扮演阮文追。

1966 年

1 月至 3 月　继续上演《像他那样生活》。

5 月 28 日　参加了中国戏剧家代表团去罗马尼亚访问。史无前例的"文化大革命"开始了。于是之回京后，没进家门就被列入"黑帮组"隔离审查，集中关进史家胡同宿舍院内劳动。

1967 年

1 月至 2 月　在首都剧场对面的汽车修配厂劳动。

3 月以后　被下放到群众中去参加运动。

10 月　被下放到大兴县农村劳动。

1968 年

11 月　开始"清理阶级队伍"。于是之与团内六十多人被冠以各种"罪名"，集中关押在灯市口大楼进行审查。

1969 年

6 月　落实政策、解放干部之后，于是之结束了集中居住的生活。

8 月　被下放到南口农场二分场劳动锻炼。

1970 年

1 月　从南口转移到大兴县的团河农场劳动。

6 月　"文艺革命"上马。于是之随全团回城。

1971 年

年初　对于是之的审查有了初步结论后，上方决定对他采取"控制使用"。有一段时间被借到市文化局帮助了解市里各文艺团体文艺革命的情况，不予任何名义，要求写写剧评，但不署名。

8 月后　开始整党。这段时间认真学习马列著作并阅读了大量的苏联小说及剧本。

1972 年

1 月　在整党中进行"斗私批修"。

4 月至 8 月　从 4 月起于是之又开始被允许搞创作；6 月初去河北迁安矿山及附近农村等地深入生活，酝酿创作提纲。

8 月至次年初　回京参加文化系统党员干部"批林整风"

学习班。

1973 年

4 月　先后去马鞍山、姑山铁矿，合肥、蚌埠等地深入生活。

7 月　去河南太行、王屋二山之间的济源铁矿深入生活。

8 月　完成了剧本的初稿，定名为《工农一家》。

1974 年

1 月　参加小戏《在新标准面前》的修改。

2 月至 3 月　与林兆华共同负责举办创作人员学习班。

8 月　为修改《工农一家》再次去迁安矿深入生活。

11 月　《工农一家》又完成一次修改稿，听取意见后，继续到延庆白河水库工程指挥部深入生活。

1975 年

4 月　与刁光覃、林兆华去邯郸继续修改剧本。

12 月　《工农一家》开始排练，于是之投入新题材的创作。

1976 年

8 月至 9 月　与童超、林兆华去湖南长沙及上海深入生活。

11 月　粉碎"四人帮"后，参加了创作人员学习班，学习党的文艺方针政策，澄清"四人帮"在创作上造成的混乱。

1977 年

1 月　在剧院组织的纪念周总理逝世一周年的演出中，于是之朗诵了他自己创作的悼念周总理的诗。这是"文革"后，他第一次被允许走上舞台。

10 月　作为演员，他参加了话剧《火热的心》（后定名为《丹心谱》）的工作和体验生活。

1978 年

1 月　《丹心谱》开始排练，扮演老中医丁文中。

3 月 25 日　《丹心谱》正式公演。这是从 1966 年 3 月于是之离开舞台十二年后重返话剧舞台。

5 月　于是之在全院党员会上被选为党委委员。

5 月 28 日　《丹心谱》去大庆等地演出。7 月返京后仍陆续不断地演出至 11 月。

7 月　剧院党委会决定任命于是之为艺委会副主任、剧本组副组长。

11 月　复排演出了《女店员》，于是之扮演宋爷爷。

1979 年

3 月至 8 月　复排并演出了《茶馆》，扮演王利发。同时还复排演出了《名优之死》，扮演左宝奎。

9 月至 10 月　《茶馆》去天津演出。

10 月　出席第四次全国文艺工作者代表大会。

1980 年

1 月至 3 月　《茶馆》《骆驼祥子》仍有演出。

4 月　参加北京电影制片厂拍摄的舞台艺术片《丹心谱》，扮演丁文中。

6 月　参加北京市第四次文代会。

8 月　参加全国政协五届三次会议。

9月至11月 《茶馆》赴瑞士、西德和法国演出，于是之任演出团副团长。

1981 年

1月 赴欧演出后，于是之写了一篇题为《我们的道路走对了》的文章发表在《文艺研究》1981年第1期上。从1月起，开始准备排练莎士比亚的《请君入瓮》，扮演文森修公爵。

4月2日 《请君入瓮》首演，直至5月。6月该剧赴天津演出。

7月至8月 《茶馆》去秦皇岛、山海关、北戴河等地演出。

11月 参加全国政协五届四次会议。

12月 参加北京电影制片厂拍摄的舞台艺术片《茶馆》，扮演王利发。同年在高等艺术院校表演专业教学经验交流会上做了题为《生活·心象·形象》的专题报告。

1982 年

1月至3月 在北京电影制片厂拍摄舞台艺术片《茶馆》。

8月 应上海电影制片厂之邀，参加电影《秋瑾》的拍摄，扮演县知府贵福。

9月 出席中共第十二次全国代表大会。

11月 参加中共北京市第五次代表大会，当选为市委委员。

1983 年

1月 参加了剧院体制改革研究小组。文章《〈茶馆〉排演漫忆》发表在《文汇月刊》第1期上。

2月 在迎春晚会上，参加了《叫卖组曲》的演出。解决了儿子人生中的一件大事——于永和叶京结婚。组成了四口之家。

3月　去上海继续参加《秋瑾》的拍摄，并为上海戏剧学院表演系教师做了题为《表演漫谈》的学术报告。

5月　散文《幼学纪事》发表在《中国青年》第5期上，后被多种刊物转载，并被选入各种语文课本中。

9月至10月　《茶馆》赴日本东京、京都、大阪演出，于是之任演出团副团长。他写的《焦菊隐先生"心象"学说》一文刊登在《戏剧报》1983年第4期上；《一个演员的独白》刊登在《北京艺术》1983年第6期上。

1984 年

3月8日　得一孙儿，名于昊明，家中又"添丁进口"，为五口之家了。

3月　担任北京人民艺术剧院第一副院长。

4月　去青岛参加第二次老舍学术讨论会，做了题为《谈〈茶馆〉的魅力》的发言。

6月　去怀柔参加市文化局召开的剧院（团）改革会议。在会上做了《北京人艺剧本组的工作》的发言。

8月　随全国文联去广西考察。

11月　赴上海电影制片厂筹拍《赤壁之战》，扮演曹操。因在影片《秋瑾》中成功塑造了县知府贵福的艺术形象，获第四届金鸡奖最佳男配角奖。

1985 年

1月　去广州参加电影表演艺术研讨会。

2月　迁入海淀紫竹院路2号楼新居。

4月　为准备《赤壁之战》去许昌、郑州、洛阳等地体验生活。

5月 《赤壁之战》前期筹备工作告一段落。

8月 开始参加《洋麻将》的排练，扮演魏勒。

11月 《洋麻将》正式演出。12月底去成都、重庆、西安演出，次年1月返京。

给吉林艺术学院院刊写了一篇文章，题目是《我所尊重的和我所反感的》。

出席中国戏剧家协会第四次代表大会，当选为副主席。

12月 散文《信笔写出来的》发表在《文汇月刊》1985年第12期上。

1986 年

4月 论文《焦菊隐先生的"心象"学说》获艺术评论奖。《茶馆》赴香港演出。

5月 《茶馆》赴加拿大演出。

6月 《茶馆》赴新加坡演出。

11月 出席"人艺之友"成立大会，任第一届理事会理事长。

1987 年

2月 《谈〈茶馆〉的魅力》一文获优秀评论奖。

8月 《太平湖》开始建组并排练，扮演老舍。

10月 出席中共第十三次全国代表大会。

《于是之论表演艺术》一书由中国戏剧出版社出版。

12月 《我担心演得不好》一文刊登在1987年12月12日《北京日报》上。

1988 年

1 月　《太平湖》演出，扮演老舍。

3 月　出席第七届全国人民代表大会。

5 月　被评为国家一级演员。出席北京市老舍文艺基金会成立大会，当选为副会长。

10 月　《恩来同志批评我台词不清》一文刊登在《中国戏剧》1988 年第 10 期上。

11 月　当选为北京市戏剧家协会主席。

第一届"振兴话剧奖"揭晓，于是之获"演员荣誉奖"。

1989 年

1 月　《痛苦、学习及其他》一文刊登在《中国戏剧》1989 年第 1 期上。

2 月　出席北京市文代会并当选为市文联副主席。

《北京晚报》的"居京琐记"栏目 2 月 5 日发表了于是之的小文《旧京除夕小景——送财神》为纪念老舍九十诞辰，在老舍茶馆演出了《龙须沟》片断。

3 月至 4 月　出席全国人大七届二次会议。

5 月　好友刘厚明同志去世，写了《哭厚明》一文（收录在《演员于是之》一书中）。

6 月　话剧《新居》开始建组、排练，扮演澹台文新。8 月演出。

9 月　出席全国劳模先进工作者表彰大会，被评为全国先进工作者。

10 月　率中国戏剧家代表团访问苏联。

1990 年

1 月　散文《茶·〈茶馆〉和我》刊登在《随笔》1990 年第 2 期上。参加中宣部、文化部召开的全国话剧戏曲创作座谈会并发言。

3 月　出席全国人大七届三次会议。

4 月　随韩叙同志率领的中国人民对外友好交流协会代表团出访日本。

5 月至 6 月　研究人艺剧院参加亚运会艺术节演出筹备工作。

参加庆祝曹禺同志从事戏剧活动六十五周年的组委会并研究活动计划。

7 月　人艺剧院全休党员会，改选党委，冉次被选为党委委员。

10 月　为亚运会艺术节演出了十场《茶馆》。

11 月　住院治疗，休养。

1991 年

3 月　出席全国人大七届四次会议。

5 月　参加市属机关第二届运动会。

6 月　经市职称改革领导小组批准，任命于是之为剧院艺术专业系列高级专业技术职务评审委员会主任委员，并去戒台寺开职称评委会会议。

7 月　赴天津参加第四届华北戏剧理论研讨会。

8 月至 9 月　请苏联导演叶甫列莫夫来剧院排演《海鸥》，于是之负责谈判、接待、安排等系列工作。

9 月　参加"文华奖"评奖等系列活动。

11 月　参加"人艺之友"成立五周年系列庆祝活动。

为中央歌剧院院史写了《在〈长征〉里演毛主席》一文。

12 月　正式提出离休申请。

1992 年

前半年　为庆祝人艺建院四十周年做各项研究、筹备工作。

6 月　荣获北京人艺"元老杯"。

7 月　《北京人艺风格及其形成与发展》这一研究课题，列入"八五"规划项目，于是之为该课题负责人。

7 月 10 日　《茶馆》作为纪念建院四十周年展演的剧目正式公演。

7 月 15 日　"北京人艺演剧学派国际讨论会"隆重开幕。在会上，于是之做了题为《探索的足迹》的主题发言。

7 月 16 日　《茶馆》最后一场演出，也是于是之告别舞台的最后一场演出。

9 月　率中国戏剧家代表团赴日本访问。

9 月 26 日　由市委组织部宣布，市人民政府第二十六次常务会议决定："免去于是之的北京人民艺术剧院第一副院长职务"。

10 月　出席中共十四大，被选为主席团成员。

1993 年

3 月　出席第八届全国人民代表大会，被选为主席团成员。

5 月　《天下第一楼》赴台演出，于是之任演出团团长。为赴台演出之行，写了一篇专文《北京人艺及其他》登在《天下第一楼》演出说明书上。赴台回来写了《赴台拾珠小集》一文，刊登在《台声》1993 年第 9 期上。

1994 年

1 月　被聘为北京市人民政府第六届专家顾问团顾问。

3 月　出席全国人大八届二次会议。

4 月　随剧院《鸟人》《阮玲玉》演出团去南京，参与先期宣传活动。

在《北京晚报》4 月 12 日"'点子'公司点题"栏目上发表了《写给读者的话》。

5 月　完成了与童道明《戏剧对话》一文。该文发表在《中国戏剧》第 8 期上。

6 月　为于是之中学时的美术老师邓海帆先生的《陋巷人物志》画册写了序言。还写了纪念老舍先生的文章，题为《老舍先生和他的两出戏》。该文刊登在《北京文学》1994 年第 8 期上。

6 月 16 日至 22 日　去福州参加冰心先生作品研讨会。

6 月 30 日　经舒乙介绍认识了东直门中医研究院研究员周超凡大夫。周当时正在以早期记忆障碍为课题进行研究。经周大夫对于是之病情详细了解后，明确指出——这也是第一个大夫指出——于是之所患的是阿尔茨海默症，即"老年痴呆症"。他认为于是之现在还不严重，但这种病目前没有专门的药物治疗，服用中药可延缓发展。于是之听后总结为三句话，即"不严重，好不了，可以延缓发展"。此后他便积极配合治疗，一度病情有所好转。

7 月 20 日至 27 日　去长春参加老舍先生学术讨论会，并在会上宣读他写的《老舍先生和他的两出戏》一文。

12 月　全年断断续续，边写边改，至年底基本完成了《论民族化（提纲）诠释》一文。

1995 年

1 月　去大兴开会。讨论研究有关《论北京人艺演剧学派》一书的文稿。

3 月　出席全国人大八届三次会议。

4 月　去上海，参加上海国际茶文化节的活动。

6 月　去湖北，参加话剧演员胡庆树表演艺术研讨会。

出席北京市政府文化顾问团的会议并参加了有关的视察活动。

7 月　为筹备焦菊隐诞辰九十周年纪念活动，任命于是之为筹委会会长。

8 月　住友谊医院检查，治疗。

9 月　为北京人艺院刊第 1 期发行，写了发刊词《寄同志》。

10 月　随北京市政协文史委员会去西北参观视察。

11 月　参与主编的《论北京人艺演剧学派》一书出版。其中第四章《论民族化（提纲）诠释》一文为于是之执笔。

12 月　入选《中华影星》并荣获电影表演艺术"成就杯"。

出席焦菊隐诞辰九十周年纪念大会，并做了题为《学习焦菊隐，继承焦菊隐》的发言。

1996 年

3 月　出席全国人大八届四次会议。

8 月至 9 月　在京、津、沪与朱琳一起客串演出了话剧《冰糖葫芦》。

9 月 9 日　于是之艺术学校成立，任校长。

10 月　去汕头参加郭启宏作品《潮人》的研讨会。

1997 年

1 月 18 日　突发病。住进友谊医院治疗，月底出院。

3 月　出席全国人大八届五次会议。

4 月　《演员于是之》一书由北京十月文艺出版社出版，在郑州举行首发式。

5 月　在北京市剧协换届选举中当选名誉主席。

当选北京市文联副主席。

6 月　北京人艺建院四十五周年时，荣获"大宝奖"的特殊贡献奖。

12 月　出席话剧九十周年纪念会。

1998 年

1 月　出席市政府新、老文化顾问见面会。

5 月至 6 月　住友谊医院检查，治疗。

8 月　正式被批准离休。

12 月　在中国剧协第五次全国代表大会上被聘为中国剧协顾问。

1999 年

1 月　1949 年去门头沟煤矿体验生活时写的手记《老白》一文发表在《今晚报》1 月 22 日的副刊上。

3 月　老伴儿李曼宜腰部摔伤，二人一同住进北京中医医院，检查，治疗，后于当年 12 月出院。

6 月　由顾骧主编的于是之散文集《情泉》出版。

2000 年

全年在家服药，治疗，养病。

2001 年

1月2日　突发高烧，住进离家很近的部队466医院治疗，至21日出院，回家疗养。

2月22日　病未愈，又住进北京中医医院。

3月23日　出院，回家疗养。

4月以后　在协和医院及中医医院坚持吃药治疗，在家休养。

2002 年

2月　北京语言大学汉语学院采用于是之的散文《幼学纪事》为教材。

4月　北京名人丛书《于是之》，由吕国庆主编，刘章春编辑出版。

全年未住院治疗，服药未断。2月、7月和10月三次请流动医院来家治疗。

2003 年

1月　《土改日记》一文刊登在北京市政协文史委员会编的《北京文史资料》上。

全年在家服药养病。7月、8月两次因发烧请了流动医院。

2004 年

4月　天津职高选用于是之写的《幼学纪事》为语文课

教材。

全年在家服药养病。4月、6月两次因发烧请了流动医院。

2005 年

4月　由杨景辉编辑的《焦菊隐文集》收录了于是之的两篇文章：《焦菊隐先生的"心像"学说》及《探索的足迹》。

5月8日至6月20日　因肺部感染住进北京中医医院。

5月　由舒晓鸣编著的《石挥的艺术世界》收录了于是之写的《信笔写出来的》一文。

8月　全国剧协改选，于是之被安排为"顾问"。

10月10日至18日　因发烧请了流动医院。

2006 年

3月24日　因高烧等病请流动医院治疗，几天未愈。

3月27日　住进中日友好医院，至5月8日出院。

6月12日至23日　因肺部感染高烧请流动医院治疗。这段时间全家准备迁入朝阳区百子湾南路（乐成国际）新居。

8月22日　因高烧又请了流动医院。

8月24日　住进中日友好医院。

10月18日　出院。回到新家。当夜又出现异常，去垂杨柳医院看急诊。

10月20日　再次回到中日友好医院住院治疗。

11月17日　出院，回家。

11月　全国文联通知，于是之获得了"表演艺术成就奖"。

2007 年

1 月　从年初起，病情又有发展，仍为肺部感染，高烧。

2 月 18 日（正月初一）　再次住进中日友好医院，直到 4 月 18 日出院。病情仍不稳定，由中医医院大夫来家看病，吃药调理。

5 月　因对中国话剧事业做出卓越贡献，于是之被推选入"中国话剧百年名人堂"。

7 月 9 日　八十诞辰。人艺剧院决定出一本于是之相册，做一录像专辑。

12 月 17 日　因高烧住进了中医医院（特需门诊部）。

12 月 18 日　医院下病重通知。

12 月 19 日　住进中医医院 ICU（重症监护室）。

2008 年

1 月 7 日　转入协和医院 ICU。

1 月 17 日　转入协和医院老年病房，约一周左右病情反复，又回到 ICU。

2 月 15 日　转入协和"老五楼"高干病房，从此再也没能出院。

2009 年

10 月　中国剧协通知，于是之荣获首届中国戏剧奖"终身成就奖"。

11 月　剧院制作的《演员于是之》录像专辑（共十八集）在中央电视台首次播出。

2012 年

6 月　北京人民艺术剧院纪念建院六十周年，于是之荣获"贡献杯"。

2013 年

1 月 20 日　17 时 19 分，心脏停止跳动。

图书在版编目（CIP）数据

我和于是之这一生 / 李曼宜著 . -- 北京：作家出版社，2019.9

ISBN 978 - 7 - 5212 - 0659 - 3

Ⅰ . ①我… Ⅱ . ①李… Ⅲ . ①于是之（1927–2013）– 回忆录 Ⅳ . ① K825.78

中国版本图书馆 CIP 数据核字（2019）第 177769 号

我和于是之这一生

作　　者：李曼宜

责任编辑：姬小琴

装帧设计：于文妍

出版发行：作家出版社有限公司

社　　址：北京农展馆南里 10 号　　　邮　　编：100125

电话传真：86 - 10 - 65067186（发行中心及邮购部）

　　　　　86 - 10 - 65004079（总编室）

E - mail: zuojia@zuojia. net. cn

http: // www. zuojiachubanshe. com

印　　刷：中煤（北京）印务有限公司

成品尺寸：135 × 210

字　　数：183 千

印　　张：9.875

印　　数：1—10000

版　　次：2019 年 10 月第 1 版

印　　次：2019 年 10 月第 1 次印刷

ISBN 978 - 7 - 5212 - 0659 - 3

定　　价：58.00 元